EMPRISE

Du même auteur aux

Éditions Addictives

Contrôle-moi

AMBER JAMES

EMPRISE

Éditions Addictives

À mes parents.
À mes deux petits hommes.
À Stanley Price, mon premier fan.
À Aurélie T. qui m'a présenté les cinq *wonder women*
de ma maison d'édition.
Et à vous qui me lisez…
À vous pour qui j'écris depuis toujours.

TABLE

I. DANS LA GUEULE DU LOUP 11

II. DEMAIN EST UN AUTRE JOUR 107

III. DERNIÈRE CHANCE.. 199

I

DANS LA GUEULE DU LOUP

1
COCKTAIL À BEVERLY HILLS

– Waouh, Leah, tu es une vraie bombe !

Ce sont texto les mots qui sortent de la bouche de Mary, ma meilleure amie. Je lui réponds en riant qu'il ne faut pas exagérer, alors elle m'entraîne vers le miroir en pied du petit appartement que nous partageons. Forte de son diplôme de stylisme récemment acquis, elle me souffle :

– Je crois que je m'y connais un tout petit peu en élégance, *darling*. Mais à toi d'en juger et dis-moi si je suis une menteuse, Miss Penelope Cruz !

Je m'observe et ne me reconnais pas. On m'a parfois dit que j'avais des airs de la belle actrice, mais là c'est flagrant. Je ne peux pas me retenir de plaisanter :

– Penelope, sors de mon corps !

Mary se met à rire, avant de lâcher :

– Tu es charmante avec tes jeans et tes débardeurs, mais cette robe te transforme en femme fatale, Leah. C'est dingue comme tu es glamour !

Je me mords la lèvre inférieure en pensant que c'est bien la première fois que je me sens si féminine.

Je ne suis pas une bimbo, ni même un top model, mais je suis vraiment subjuguée. Mes cheveux bruns tombent en cascade sur mes épaules nues, le lin noir de cette robe accentue le grain de ma peau mate, épouse mes formes à la perfection et met en valeur mes grands yeux marron.

Et puis la réalité me rattrape.

Aujourd'hui, c'est le jour anniversaire de la mort de mon père. Et je me prépare pour une soirée privée au cours de laquelle aura lieu une vente aux enchères d'œuvres d'art. C'est Mary qui a particulièrement insisté pour que j'y aille : « Je ne peux pas y aller, Winston revient de Berlin plus tôt que prévu et je ne l'ai pas vu depuis quinze jours. Alors, vas-y à ma place. Et puis ça te changera les idées ! » J'ai d'abord refusé, avant de constater avec stupéfaction qu'un certain Julian Storm en était l'organisateur. J'ai cru m'évanouir ! Comme chaque année à cette date précise, j'étais alors précisément en train de me plonger dans la nostalgie des souvenirs de famille. Je regardais les photos de notre ancienne galerie d'art familiale, des portraits de mes parents, des clichés émouvants des sourires de mon père, tous les jolis moments avant le drame. Je repensais à cette déchirure en moi quand j'avais assisté à la mise en bière de mon père. C'est un jour si douloureux pour moi et voilà qu'au même moment, cette ordure de Julian Storm compte faire la fête dans sa villa de milliardaire. C'était comme un signe du destin.

Mon sang n'a fait qu'un tour, une pensée m'a traversé l'esprit :

Je pleure mon père et ce salaud de Julian Storm organise une fiesta !

Voilà pourquoi j'ai accepté l'invitation de Mary, j'ai récupéré machinalement le pistolet de mon père au fond d'un carton que je venais de retrouver et je l'ai glissé dans mon sac à main.

J'ai décidé de faire crever de trouille celui qui nous a fait tant de mal.

Ainsi, je peux bien ressembler à une princesse dans cette tenue, je ne me prépare pas le moins du monde à la rencontre avec le prince charmant. De « charmant », l'homme que je vais retrouver quelque part dans Los Angeles n'en a que le physique. Pour le reste, je déteste ce type et je compte bien lui faire payer ses actes.

L'heure a sonné.

Je passe une ravissante veste de cachemire écrue (encore un trésor de ma styliste attitrée) en prévision de la fraîcheur du soir, et j'embrasse Mary qui pose avec douceur ses mains sur mes épaules :

– Tu as l'air un peu bizarre, ma Leah. Tu es sûre que tout va bien ?

– Impeccable, je t'assure, mens-je. Alors, heureuse de retrouver Winston ce soir ?

– Ouais… Ne change pas de sujet en parlant de mon bad boy, tu veux ?

– Euh… Comment ça, Mary ?

– Je ne sais pas, tu sembles tendue comme un arc. On dirait que tu t'apprêtes à braquer une banque ou à assassiner le président des États-Unis.

Je loupe un battement de cœur, fascinée et inquiète qu'on puisse lire si facilement en moi.

– Non, je l'aime bien notre président, tout va bien ne t'en fais pas.

Elle hoche la tête tout en passant une main dans ses beaux cheveux noirs. Ses yeux émeraude me scrutent et je détourne le regard par crainte qu'elle ne devine mes intentions. Enfin, je comprends qu'elle s'inquiète à cause de ce triste anniversaire de la mort de mon père.

– Je sais que c'est toujours une période difficile pour toi. Ça va aller, Leah ?

Je m'éclipse avant les effusions et je vais récupérer mon vieux break Volvo dans le parking souterrain de notre immeuble.

J'engage un CD de Gorillaz dans le lecteur, avant de mettre le cap sur Beverly Hills.

Après une traversée plutôt fluide de Los Angeles, tandis que les enceintes diffusent l'air entraînant de « Superfast Jellyfish », je m'engage sur Stradella Road, dans le quartier de Bel Air. C'est un espace à part que l'on nomme le « triangle d'or », au cœur duquel ont vécu Elvis Presley, Ronald Reagan et Alfred Hitchcock, entre autres.

Je me gare à proximité de l'adresse indiquée.

Je serre entre mes doigts le ticket d'entrée à cette réception des plus privées. Mary a reçu l'invitation une semaine plus tôt en qualité de jeune styliste dans la maison influente qui l'emploie. J'entends encore les paroles qu'elle me lançait tout à l'heure du salon alors que j'étais dans ma chambre, hésitant quant au choix d'une robe parmi celles qu'elle avait posées sur le lit : « Tu pourras y faire des rencontres pour booster ta carrière artistique ! En plus, il paraît que l'endroit est sublime. »

Je confirme !

J'évolue dans le parc d'une villa qu'on ne voit d'ordinaire que dans les films. La végétation luxuriante où les palmiers sont rois me procure l'impression d'avoir pénétré dans un autre monde. Je contrôle ma respiration et je me fraie un passage parmi le beau linge qui occupe les différents espaces de ce majestueux jardin. Les allées en sont balisées par des centaines de photophores.

Franchement, je n'ai jamais vu autant de monde et de luxe au mètre carré.

Les robes de soirée et les smokings ondulent sous mes yeux.

Le décor est splendide, romantique et dépaysant.

Cristal de Roederer, Ruinart et compagnie. Le champagne coule à flots tandis qu'une chanteuse entourée de musiciens vocalise des succès d'Alicia Keys en se déhanchant sensuellement sur une estrade décorée de lampions multicolores.

C'est la grande classe mais je ne suis absolument pas dans mon élément en ces lieux cosmopolites. Je me sens de trop parmi tous ces gens si riches et si à l'aise, mais je suis impressionnée. Je serre contre ma hanche le petit sac à main besace où j'ai rangé le pistolet.

Je ne dois pas flancher…

Il est là-bas, à une cinquantaine de mètres, entouré par sa cour.

J'ai 23 ans, il est mon tourment depuis mes 18 ans.

Et ma cible aujourd'hui.

Tout près, en chair et en os.

Le célèbre et richissime Julian Storm, chaque semaine à la une des tabloïds. Il participe aux quatre coins du monde à des ventes d'œuvres d'art auxquelles s'associent de nombreuses célébrités. Lors de ces soirées huppées, on le découvre immanquablement entouré de bombes atomiques. Pour les paparazzis en mal d'inspiration, Julian Storm représente le scoop idéal : 30 ans, beau, richissime et tombeur.

Julian Storm, dernier rejeton de la puissante lignée Storm, *self-made man* malgré tout et prince de la construction dont le poids en dollars atteint le chiffre astronomique de 12 milliards. Sportif accompli, passionné d'aviation. Propriétaire d'une dizaine de demeures à travers le monde. Collectionneur de voitures de sport et… de femmes !

J'ai tout étudié sur Google. Bref, c'est un mec blindé et gâté par la nature.

Sérieusement, la vie est injuste parfois.

Il a l'air si sûr de lui et si inaccessible malgré ses sourires qui tuent et ce geste émouvant de passer la main dans ses cheveux ondulés. Je ne peux pas m'empêcher de penser que ce type est *full options*, représentant sans conteste le modèle grand luxe comparé à tous les hommes conviés à cette réception.

Julian Storm a visiblement ratissé large pour réunir le plus grand nombre d'acquéreurs potentiels des œuvres d'art qui seront mises aux enchères. Il y a des politiques, des acteurs, j'aperçois Emilio le mannequin en vogue, un présentateur télé dont j'ai oublié le nom, et je reconnais même Eddie Wilmore surnommé le « Justin Bieber latino », le chanteur à la mode du moment. Il y a bien évidemment des filles dans des tenues incroyables. Certaines auraient mieux fait de venir carrément à poil tant le créateur de leurs jupes a cru bon d'économiser sur le tissu. Juchée sur des escarpins de luxe qui lui font gagner dix bons centimètres, la Barbie girl qui me tourne le dos en ricanant n'a pas trop intérêt à se pencher pour attraper un petit-four sur le buffet.

Je poursuis mon chemin en me demandant où je trouve encore la ressource de plaisanter intérieurement, alors que l'idée de bientôt me confronter à Julian Storm me tord littéralement les intestins.

Ce n'est pas une boule que j'ai dans l'estomac, c'est carrément le globe terrestre.

Mary trouve que je suis un peu folle et que j'ai le sens de la métaphore. C'est assez vrai ! Je suis capable de planer et de délirer naturellement. Ça vient peut-être des produits que je manipule à l'atelier : la cire chauffée, la peinture à l'huile, le white-spirit, etc. Mary me dit sans cesse : « Ne perds jamais ça ! Ton humour c'est une arme, *darling* ! » Elle m'appelle souvent *darling* et j'adore sa façon de prononcer ce mot. C'est tendre et ce n'est pas une pensée en l'air. On se connaît depuis notre enfance. Avec son premier salaire, elle a acquis une œuvre de mon atelier. Profitant de ses relations professionnelles avec des gens aisés, elle a parlé de moi autour d'elle, ce qui a fait décoller les ventes. Ce n'est pas encore la gloire mais je m'en sors plutôt bien, vendant en fin de compte suffisamment de toiles pour ne pas avoir besoin de trouver un boulot alimentaire.

Je m'approche de ma cible… Le compte à rebours est lancé.

Cinq… quatre…

Les battements de mon cœur s'accélèrent.

Trois… deux…

Seigneur, comme c'est déstabilisant de le voir dans la vraie vie…

Un…

J'hallucine ou quoi ?

Julian Storm doit posséder une sorte de radar interne, car il s'est tourné brusquement alors que j'arrivais dans son dos.

C'est incroyable, Dieu a créé le smoking simplement pour ce mec !

Cette pensée fugace m'a caressée sans prévenir et c'est vrai, c'est comme une seconde peau chez lui. Et puis son regard est… je ne sais pas comment dire, mais je ressens comme une drôle de sensation. C'est comme s'il m'attendait ! Ses yeux se sont allumés… oui, je ne trouve pas d'autre mot ! Je dois surtout me reprendre, c'est vraiment le pire des hypocrites, voilà tout ! Il est en train de jouer la comédie. Il fait semblant d'être un dauphin, mais c'est un requin à l'intérieur. Il doit jouer le même jeu chaque fois qu'il détecte une proie…

Et nous ne nous connaissons pas, merde ! Comment pourrait-il m'attendre ?

Il a quand même une allure époustouflante et sa façon de me couver du regard sans rien dire m'hypnotise. Mon pouls s'accélère et je ressens comme une étrange chaleur au creux des reins. Julian Storm ne ressemble vraiment pas aux autres hommes. C'est déjà dingue de penser qu'à 30 ans à peine, il a créé un véritable empire. Et puis son sourire est tellement…

Stop, je ne suis pas là pour fondre comme un Esquimau sous les Tropiques !

– Vous avez l'air perdue, mademoiselle ! Tout va bien ?

J'inspire un grand coup et m'efforce de ne pas dévoiler le trouble que j'ai ressenti en entendant sa voix magnifique, un peu rauque et infiniment enveloppante. Le temps se fige cependant autour de moi, le monde semble disparaître, j'en oublie presque la raison de ma présence en ces lieux. Je me reprends en imaginant mon plaisir à le voir bientôt perdre son sourire insolent, à sentir tout son être se contracter quand je le menacerai de mon arme. Je m'éclaircis la gorge et je prie pour que des sons audibles se faufilent entre mes lèvres. J'espère que mon coup de bluff va passer :

– Euh, c'est-à-dire…, balbutié-je comme si je souffrais le martyre, c'est juste que j'ai une migraine de folie, mais ne vous occupez pas de moi, je vais juste trouver un endroit tranquille pour me reposer.

Je m'arrange pour être suffisamment détachée tout en tirant sur la corde sensible. J'en rajoute en plissant les yeux pour vraiment lui faire croire que j'ai mal à la tête. J'étais très forte à l'école pour aller à l'infirmerie au moment des contrôles de maths.

Julian Storm se caresse l'arête du nez de son index et son regard vert me transperce littéralement :

– Pas question de vous laisser comme ça ! Il vous faut au moins de l'aspirine.

Yes, il a mordu à l'hameçon.

Pour me donner une contenance, je saisis au passage un petit-four sur un plateau d'argent présenté par un serveur en livrée qui me fait de la peine tant son air de circonstance paraît figé. Dans mon empressement, je l'avale de travers et je commence à m'étrangler.

Au secours, ça ne passe pas.

Je suis… vraiment en train de m'étouffer ! Ce n'est plus du cinéma ! En moins de trois secondes, Julian Storm est derrière moi, il me saisit sous le thorax et exerce une pression d'un coup sec. J'ai un peu mal car ses bras sont puissants, mais l'effet escompté se produit sans attendre : j'expulse aussitôt le petit-four qui atterrit dans le Martini d'une femme en tailleur. Elle pousse un cri de surprise et j'entends dans mon dos le rire vraiment sexy de Julian Storm.

Ça commence fort.

L'homme que je suis venue punir vient de me sauver la vie. Je m'apprête à le remercier quand ma conscience me rappelle à l'ordre.

Stop ! C'est un salaud, ne pas oublier que c'est un salaud…

Julian Storm me contourne pour se planter face à moi :

– Tout va bien ?
– Ça va !
– Désolé d'avoir dû employer la manière forte.

Je hausse les épaules tandis qu'il ajoute sur un ton légèrement moqueur :

– Entre votre migraine et les petits-fours qui ne passent pas, ce n'est pas vraiment votre soirée !
– Bon, vous m'aviez parlé d'aspirine, je crois.

J'ai conscience d'être un peu froide alors que je devrais le remercier de m'avoir tirée d'un très mauvais pas. Il n'en prend cependant pas le moins du monde ombrage. J'ai l'impression qu'il a fait ça comme il aurait fait n'importe quoi. Il a juste réagi face à une situation donnée, comme il doit avoir l'habitude de le faire au quotidien dans toutes sortes de domaines. Avec délicatesse, il replace derrière mon oreille une boucle de cheveux qui me tombait sur les yeux. Je frissonne et je m'étonne. Pourquoi ce geste si tendre alors que nous ne nous connaissons pas ?

Mmm, ne fais pas ça, je ne suis pas venue pour que tu me fasses craquer. C'est quoi ce délire ?

– Oui, je dois en avoir quelque part dans la villa. Si vous voulez bien me suivre ?

Un sourire ravageur se dessine sur ses lèvres ourlées. Et c'est du soleil dans la nuit. Je dois me reprendre à tout prix. Je ne dois pas me laisser piéger, il faut aller jusqu'au bout…

Il adopte soudain un air presque grave qui efface d'un seul coup sa douce mimique d'il y a quelques secondes. Ce type est redoutable. Comment fait-il pour passer si rapidement d'une attitude à l'autre ? Je dois me méfier…

– À moins que vous ne désiriez un autre petit-four ? plaisante-t-il.

Ah oui, d'accord, il se fout de moi !

Sans attendre de réponse, il pivote sur les talons et je lui emboîte le pas. Il marche avec aisance, les visages des invités se tournent sur son passage, et je dois avouer que c'est un joli spectacle. Je respire les effluves délicats et raffinés d'eau de toilette qu'il laisse dans son sillage. Il ne se doute de rien. Il me prend certainement pour une de ses nombreuses admiratrices, une fille parmi tant d'autres dans la longue file de toutes celles qui rêvent de ravir son cœur. Il faut dire qu'il est… magnétique. Oui, c'est le mot juste ! Julian Storm est magnétique.

Je plonge une main dans mon petit sac et le contact de la crosse froide du pistolet sous mes doigts me ramène à la raison.

Je suis là pour donner à ce type la peur de sa vie. Point barre.

Sans s'arrêter, Julian Storm m'offre un bref sourire par-dessus son épaule.

En attendant, j'ai l'impression d'être un petit chien qui suit son maître.

Mais le petit chien va bientôt sortir les crocs...

Nous traversons un salon à la fois design et chaleureux décoré d'œuvres d'art. Des sculptures d'acier et de bois côtoient des installations lumineuses posées à même le parquet en teck, des toiles très colorées sont accrochées avec un sens certain de l'harmonie aux murs enduits de tadelakt. Je remarque une immense toile placée au-dessus d'un large canapé en cuir dans lequel pourraient se vautrer Blanche-Neige, les sept nains et tous leurs amis.

Un piège à filles. Je suis sûre que c'est là qu'il saute ses groupies. Très peu pour moi !

Mes jambes flageolent pourtant, mes mains sont moites, je suis troublée. C'est plus fort que moi. Je reporte mon attention sur la toile : elle est exceptionnelle. C'est presque monochrome, une sorte de rouge orangé, intense au centre de l'œuvre et qui semble se diluer progressivement sur les bords de la toile. Mon regard est happé par la simplicité et la beauté de cette peinture.

– C'est une toile de Graham Wilder, un émule de Mark Rothko. C'est de loin ma préférée. Je l'emporterais avec moi si je devais m'exiler sur une île déserte.

Je ressens alors comme de l'exaltation. La voix de Julian Storm change quand il parle de peinture et mon cœur loupe un battement en le sentant si près de moi. Je n'avais même pas remarqué qu'il s'était retourné pour m'observer.

Je n'y crois pas, il vient d'évoquer Rothko, l'un de mes peintres favoris.

Je l'imagine découvrant mes toiles dans mon atelier. Et puis je l'imagine torse nu sur une île déserte. Le visage buriné par le soleil, une barbe naissante sur ses joues carrées et puissantes.

Me calmer, je dois me calmer, ne pas me laisser embrouiller.

Je prends une inspiration et je réponds juste :

– Pas mal !

Julian s'immobilise et se retourne, l'air fasciné :

– Pas mal ?

J'acquiesce et il sourit légèrement, comme s'il pouvait lire dans mes pensées. Il a remarqué que cette toile ne me laisse pas de marbre. Je suis vraiment surprise par ses goûts en matière d'art. Je suis même très séduite, mais pas question de l'avouer. Pour ne pas lui laisser l'avantage du dernier mot, j'ajoute :

– J'avoue cependant que votre coach artistique vous a donné de bons conseils pour décorer votre garçonnière !

Il semble un peu surpris, presque blessé par ma réplique assez cinglante. Il soupire et répond simplement :

– Je m'intéresse à l'art depuis longtemps. Si vous voulez tout savoir, Rothko m'a offert ma première grande émotion. Je ne pense pas avoir besoin d'un conseiller en la matière. Sincèrement désolé de vous avoir donné cette impression, mademoiselle.

Rien qu'au ton de sa voix, je sais qu'il est sincère. Mais je ne suis pas là pour me laisser amadouer par de touchantes considérations artistiques. Je feins l'indifférence.

– Tant mieux pour vous. Mais là, j'ai surtout besoin d'une aspirine.

Il se mord la lèvre inférieure. Comment diable fait-il pour être si craquant ?

Oh, mon Dieu, je vais avoir du mal…

Il semble réfléchir, son regard s'assombrit, puis il écarte les bras et répond d'un ton neutre :

– Parfait, vos désirs sont des ordres.

Julian Storm se dirige vers un angle du salon qui mène à un couloir dont les murs sont remplis de tirages en noir et blanc encadrés. Des portraits d'enfants, des images magnifiques où les regards expriment tant de sentiments mêlés. C'est une ode à la vie, à la lumière, à la liberté.

– Quel est le nom de l'artiste, monsieur Storm ?

Sans se retourner, Julian Storm répond doucement, avec une réelle nuance de regret dans la voix :

– Julian Storm, tout simplement. C'est une de mes passions depuis toujours. Je n'ai malheureusement pas le temps de m'y consacrer comme je le voudrais.

Comment peut-on être un salaud et réaliser des clichés aussi sublimes ?

– C'est pas mal, dis-je simplement.
– Oui, pas mal, répond-il, avant d'ouvrir une porte tout en me faisant signe de le précéder.

En réalité, elles sont sublimes, ces photos.

Je suis là comme une cruche à m'extasier en pensée sur ces portraits chargés d'humanité alors que son auteur est un sale type !

J'entre dans une pièce dont les murs sont complètement nus, blancs, presque froids. Quelques fauteuils clubs entourent une large table en bois précieux sur laquelle trônent un moniteur géant d'ordinateur et un téléphone sans fil à l'aspect futuriste. L'éclairage est diffus, tamisé.

Julian Storm me rejoint et ferme la porte derrière lui.

Les mains sur les hanches, la tête penchée sur le côté, il m'observe un long moment. On dirait qu'il pose pour un magazine de mode. Je me dis que bien des top models seraient jaloux à en crever de son physique démentiel. Je lui sors une petite pique :

– Je pensais que vous stockiez l'aspirine dans une salle de bains, dans une cuisine à la rigueur, mais pas dans un bureau. Vous êtes un peu bizarre, non ? Ou bien c'est compter vos milliards qui vous occasionne des migraines ?

Sans se démonter, il passe ses mains dans ses cheveux de façon très… sensuelle. J'efface aussitôt cette image de mon esprit tandis qu'il me sourit. Je glisse discrètement une main dans mon sac.

– Vous avez l'air très en forme, n'est-ce pas ? Vous n'avez pas vraiment mal à la tête, je crois.
– Non, pas *vraiment*, monsieur Storm. Vous êtes médium ?

J'ai répondu du tac au tac, froidement. Ses pupilles se dilatent mais il ne cille pas.

– Dites-moi tout, finit-il par chuchoter en me jetant un regard que je n'arrive pas à déchiffrer.

Je sors lentement la main de mon sac et je braque le canon du pistolet dans sa direction. Son air interloqué me prouve d'emblée qu'il est aussi médium que je suis blonde. Contre toute attente, il n'a pourtant pas le réflexe de lever les bras en l'air. Avec calme, il enfonce les mains dans les poches de son pantalon de smoking.

Ce mec est hallucinant !

– Qu'ai-je fait de si grave pour me retrouver face au peloton d'exécution ?

N'importe quelle femme serait déstabilisée par son air attendrissant et émouvant. Mais ce type a poussé mon père au suicide. Alors je craquerai dans une autre vie !

Mais merde, on dirait qu'il n'a rien à se reprocher ! Pour quelle foutue raison n'essaie-t-il pas de se défendre ?

Il me regarde à présent avec un petit air de défi et je me reprends à temps, alors que j'allais baisser les armes. Je remercie Julian Storm en pensée.

Merci de me défier, merci de m'aider à aller jusqu'au bout…

– Je n'ai aucune explication à vous donner, monsieur Storm. J'ai mes raisons. De toute façon, je suppose que vous n'êtes pas du genre à regretter quoi que ce soit !
– Mais regretter *quoi* à la fin ? Dites-moi !

Je pose un index sur mes lèvres pour lui intimer l'ordre de se taire.

Dans ma tête, les pensées s'emballent.

Je veux qu'il crève de trouille. Je veux qu'il en pisse dans son pantalon. Je veux qu'il se souvienne de moi. Je ne le tuerai pas ce soir… même s'il le mériterait.

Mais je veux le marquer... À jamais ! Comme j'ai été marquée.

– Vous allez payer pour ce qu'il s'est passé ! Le compte à rebours démarre, monsieur Storm.
– Que s'est-il passé ? Quel compte à rebours ?
– Cinq... quatre...

Il retire les mains de ses poches et les passe sur ses joues.

– Trois...

Je peux enfin lire l'inquiétude dans son regard un peu perdu. Il est légèrement plus agité. Mais qui ne le serait pas face à une arme braquée par une femme au visage crispé de haine ? Franchement, je trouve plutôt que Julian Storm est exceptionnel de dignité compte tenu de la situation. Pas de larmes, pas de supplications. Il demande encore :

– Attendez, mademoiselle. Vous êtes sûre de vous... sûre de *tout* ?

Je hoche la tête.

– Deux...

Je recule de quelques pas.

– Un !

Je ferme les yeux et je presse la détente.

Je pense alors qu'on ne ferme pas les yeux quand on tire.

Puis j'entends une déflagration qui me pétrifie littéralement.

Aussitôt, je soulève les paupières et j'ai le temps de voir Julian Storm s'effondrer au pied de son bureau.

– Mais c'est *quoi* ça ?

Merde, merde, que s'est-il passé ? Je croyais que…

Julian Storm est étendu sur le sol à quelques pas de moi.

Il bouge encore un peu, une main pressée sur son épaule.

Oh, pitié, c'est impossible, j'ai vraiment tiré sur lui !

Je ne voulais pas du tout ça, je voulais juste…

Je ne comprends pas… Je ne…

2
FACE À FACE

À l'aide, je fais quoi maintenant ?

Je tremble, mes mains sont moites, j'ai des palpitations. Je suis complètement larguée, je viens de tirer sur quelqu'un, je ne sais absolument pas comment réagir.

M'enfuir ? Appeler les secours ? Help me !

Julian Storm est allongé sur le sol mais il respire encore, et je…

Oh, mais c'est quoi ce délire ?

C'est incroyable… Il se relève lentement, une main toujours pressée sur son épaule.

Non mais je rêve, c'est un pouvoir de milliardaire ou quoi ?

Je me frotte les yeux et me passe la main dans les cheveux. Ce n'est pas une hallucination : je viens de tirer sur Julian Storm et il n'est pas mort.

Ses lèvres esquissent une grimace de douleur. Il me regarde avec tellement d'intensité que je me sens presque vaciller. Il est debout face à moi, à quelques mètres à peine. Il retire sa veste pour constater l'ampleur de sa blessure. Sa chemise est un peu brûlée à hauteur de l'épaule. Il passe sa main à l'endroit où le projectile l'a touché. C'est à coup sûr douloureux mais il ne laisse rien transparaître. Il semble tellement calme en apparence, même si dans ses yeux je peux lire un mélange de surprise et de colère. Je suis au comble de la nervosité, je passe le dos de ma main sur mon front en sueur.

– Vous êtes une grande malade, souffle-t-il. Vous saviez que c'était une balle à blanc ?

Je ne savais même pas qu'il était chargé !

– Non, j'aurais dû vérifier !

Je ne reconnais pas ma voix, si dure, carrément agressive.

À présent qu'il est face à moi, sain et sauf, ma colère est de retour.

Mes pensées s'affolent néanmoins : je réalise après coup qu'une vraie balle aurait pu se trouver logée dans le chargeur du pistolet.

Mais je suis complètement dingue, putain !

Cette seule idée me colle des sueurs froides. Si je voulais vraiment lui faire peur, il n'était pas dans mes intentions de le tuer.

Je voulais juste le faire crever de trouille. Le mettre à genoux comme il l'a fait avec papa !

Julian Storm s'approche de moi et me retire l'arme des mains pour la poser sur son bureau.

– Je me doutais que vous n'aviez pas vraiment mal à la tête ! Mais de là à imaginer que vous vouliez loger une balle dans la mienne !

Sa voix est calme, enveloppante, vraiment très belle. Je m'efforce tant bien que mal de demeurer impassible. La grimace que Julian Storm esquisse subrepticement atteste du fait qu'il a mal. Ça doit le brûler, c'est sûrement douloureux. Je remercie le ciel de ne pas avoir été trop près de Julian Storm au moment de tirer. Comme s'il lisait dans mes pensées, le milliardaire ajoute :

– Heureusement que vous ne m'avez pas visé à bout portant et que vous avez fermé les yeux au moment de presser la détente, ce qui a dévié la trajectoire des gaz et des déchets de poudre incandescents…

Il s'interrompt pour passer une main dans ses cheveux en bataille, puis il précise :

– Pour info, même à blanc de telles munitions peuvent causer de sérieuses brûlures.

Dans un joli geste, il passe ses longs doigts devant ses yeux brillants :

– Vous auriez pu me rendre aveugle !

Il semble hésiter, avant d'avouer sur un ton qui paraît sincère :

– Et le plus désolant dans l'affaire, c'est que je n'aurais plus eu le loisir et le plaisir de pouvoir vous regarder…

Je hausse les épaules mais je ne peux pas m'empêcher de penser que Julian Storm fait preuve d'un sang-froid incroyable teinté d'un humour quasi inconcevable en pareille circonstance. J'aimerais croire ce qu'il vient de dire à propos du plaisir de me regarder, mais je sais qui il est. Je ne dois surtout pas me laisser abuser. Je tremble légèrement, je n'arrive pas à me maîtriser. Et je pressens que le jeune et beau milliardaire n'a pas manqué de le remarquer. Il sourit, l'air presque moqueur :

– Avouez ! Vous pensiez que ce pistolet était déchargé, n'est-ce pas ? Dites-moi que vous ne vouliez pas *vraiment* me tuer, allez… rassurez-moi.

Agacée par sa façon de me provoquer, je lui réplique du tac au tac :

– Détrompez-vous, monsieur Storm ! Je pensais qu'il y avait une vraie balle mais, malheureusement, je ne suis pas spécialiste en la matière.

Le contraste entre le calme de Julian Storm et mon énervement doit être saisissant. Je ne tiens pas en place, j'ai du mal à contrôler ma respiration. Je m'imagine en train de me jeter sur lui pour marteler son large et puissant torse de coups de poing, lui hurlant d'effacer cette petite mimique presque amusée de sa gueule de play-boy. Mais pour enfoncer le clou, je me contente d'ajouter :

– Après ce que vous avez fait à mon père, je n'ai plus vraiment d'états d'âme !

– Votre père ? Mais de *quoi* vous parlez ?

Il a vraiment l'air de tomber des nues.

Il est surtout très fort, oui.

Ses yeux me scrutent et je peux y lire de l'incompréhension.

Mais qu'est-ce qu'il me fait avec son regard ?

Stop, par pitié ! Je ne dois pas me laisser influencer par sa douceur. C'est son métier d'obtenir tout ce qu'il veut. C'est un manipulateur. On ne gagne pas tant d'argent parce qu'on est gentil. Il faut être tout sauf gentil pour réussir dans les affaires. Alors, je dois me mettre en mode protection. Me blinder, reprendre l'avantage et le pousser dans ses derniers retranchements. Je ne veux pas y aller par quatre chemins :

– Vous avez tué Frank Windfield, vous vous souvenez ?
– J'ai tué qui ?
– Merde à la fin, arrêtez de faire l'innocent !
– Mais…
– Vous êtes un vrai salaud, vous utilisez la faiblesse des gens, vous les détruisez pour amasser du fric. Avouez !

J'ai bien conscience d'être hystérique mais je ne peux pas m'arrêter. J'ai tant de douleur et de rage en moi. Mon père me manque tellement. Et je suis en face de celui qui est responsable de notre malheur. Cet enfoiré qui me prend pour une conne en arborant un air complètement soufflé, réellement dépassé par les événements. Quel comédien !

– Dites quelque chose, espèce de criminel, dites-moi la vérité !

Julian baisse la tête en serrant les poings. Il demeure silencieux pendant de longues secondes, avant de diriger à nouveau son regard sur moi :

– Je vous promets qu'il doit s'agir d'une erreur, c'est peut-être…

Il me rend dingue, putain ! Je le coupe une fois de plus au beau milieu de sa phrase.

– Vous préparez l'Actor's Studio ? Vous êtes encore un peu jeune pour évoquer un problème de mémoire, non ? Vous ne pouvez PAS avoir oublié Frank Windfield, monsieur Storm !

Il écarte les bras dans un geste d'impuissance tandis que je me présente enfin :

– Moi, c'est Leah Windfield, je suis la fille de Frank Windfield.

Julian s'incline légèrement, comme pour me saluer avant de m'inviter à danser.

– J'ai d'ordinaire une excellente mémoire, mais là je sèche carrément ! En tout cas, c'est un joli prénom, Leah.

Il soupire, l'air ailleurs, quand un sourire se dessine lentement sur ses lèvres ourlées. Il vient d'avoir une drôle d'idée, je le sens. Je n'ai d'ailleurs pas le temps de me poser 30 000 questions car il s'approche de moi et chuchote :

– Bon, on va tirer tout ça au clair, si je puis dire.

D'un geste las, il me désigne une série de petites caméras installées en hauteur aux quatre angles du bureau.

– Être riche conduit à devoir parfois se protéger des mauvaises intentions d'autrui. La villa entière est sous vidéosurveillance. En décodé, tout a été filmé, Leah ! Vous seriez dans de sales draps si le contenu du disque dur devait se retrouver entre les mains des autorités compétentes.

Il s'interrompt pour constater l'effet que produit sur moi une telle révélation. Et à vrai dire, je suis mortifiée, sans voix. Je le regarde sans y croire, tandis qu'il poursuit calmement :

– Mais vous allez d'abord me raconter votre histoire et ensuite… j'aviserai !

Sur ces belles paroles, il me propose de prendre place dans un des fauteuils. Puis il s'installe dans un autre en face de moi et croise les jambes. Ses deux longues mains posées sur une cuisse, il me déclare d'un ton doux mais sans appel :

– Je vous écoute, Leah. J'espère sincèrement que vous allez réussir à m'intéresser !

Je m'éclaircis la gorge et je commence à lui raconter. Il est en situation de force, c'est moi qui suis sur le banc des accusés, ce qui est dingue quand on pense que c'est lui qui a bouleversé ma vie. Mais je n'ai pas le choix, je dois me plier à ses ordres. Je suis impatiente de voir sa réaction quand il aura enfin recouvré la mémoire. Dans quelques minutes, ce sera lui l'accusé. Il aura enfin le nez dans ses magouilles.

– Je compte bien vous « intéresser », monsieur Storm. Oh, je n'ai pas toujours été comme ça, agressive et emplie de colère. J'ai beau être à moitié sicilienne, j'ai beau avoir un caractère bien trempé, je suis capable de sourire, d'être légère, pleine d'espoir en la vie. Tout du moins j'étais ainsi jusqu'à ma majorité. Heureuse, vraiment heureuse… J'ai vécu une enfance passionnante, j'ai reçu beaucoup d'amour.

Julian Storm me regarde avec intérêt. Il n'arbore plus son petit air moqueur. Je me mords la lèvre inférieure pour maîtriser l'émotion qui me submerge. Ce que je m'apprête à lui dire me remue très fort. Je déteste mettre des mots sur cet événement dramatique. Mais je dois le faire, je veux que Julian Storm comprenne.

– Et puis un jour, j'avais alors 18 ans, mon père est mort d'un cancer.

Je m'interromps, je suis au bord des larmes, c'est chaque fois la même chose. Évoquer cette période où mon père a lâché prise me plonge dans un état de tristesse infinie. Le visage de Julian Storm s'assombrit et ses sourcils se froncent tandis que je poursuis mon récit :

– Quelques mois plus tôt, notre galerie de peinture familiale dans West Hollywood venait d'être rachetée par une filiale du groupe Storm. Mon père pensait simplement vendre pour se sortir de ses difficultés financières et continuer à être le locataire des locaux en y exerçant sa passion. Il a compris trop tard que les acquéreurs de la galerie préparaient quant à eux une tractation avec une chaîne de pizzerias désireuse d'y implanter une franchise. Résultat : énorme plus-value pour le groupe Storm et mon père a été expulsé sur-le-champ.

Je peux lire comme un mélange d'étonnement et de compassion sur le visage du milliardaire. Son regard m'invite à continuer.

– Toujours est-il que mon père n'a pas supporté cette expulsion sauvage, il n'a pas eu la force de se battre... et il en est mort.

Je croise encore le regard de Julian Storm et je suis surprise d'y déceler de l'émotion... et comme de l'admiration. Je ne comprends pas, je suis un peu mal à l'aise. Je suis touchée par cette attitude inattendue, mais je n'ai pas confiance en lui. Mon désir de vengeance grandit dans mon ventre, accentué par le fait que cette immersion dans les souvenirs me cause une réelle douleur, quasi physique. Je me reprends et je précise :

– Cette galerie, la Galerie Windfield, c'était toute sa vie ! Toute notre famille y travaillait, monsieur Storm, vous comprenez ?

Il hoche la tête tout en demeurant silencieux. Alors je poursuis :

– J'ai grandi parmi les œuvres d'art, j'adorais ça, à tel point que je suis devenue peintre moi-même. Et soudain, pfuiit, toute une vie envolée en quelques jours pour la misérable rentabilité d'une pauvre pizzeria ! Mon père ne l'a pas supporté. Il s'est laissé dériver, a refusé tout traitement, il n'a fait que dépérir de jour en jour... et il est mort d'un cancer au bout de quelques mois.

Je m'interromps un instant pour maîtriser l'émotion qui m'étrangle, j'enfonce mes ongles dans mes paumes, pour me faire mal et me donner la force de rester digne.

– Ma mère n'était plus que l'ombre d'elle-même, s'occupant de moi comme elle pouvait, mais je n'entretenais pas avec elle ces rapports privilégiés qui nous unissaient mon père et moi. Nos relations se résumaient au strict minimum. Elle me nourrissait, assumait mes études, ce qui est déjà énorme, mais il n'y avait pas de chaleur, pas de connivence. Tout était de plus en plus mécanique entre nous. La douleur causée par la mort de mon père a érigé un mur qui interdisait la moindre complicité entre nous. À tel point que nous avons rompu tout contact !

Je m'interromps à nouveau, laissant le silence s'installer entre Julian Storm et moi. Je l'observe attentivement. Quelques neurones dans son cerveau de milliardaire hors la loi se sont sans doute par miracle connectés les uns aux autres pour le rendre un peu lucide, un peu honnête, un peu humain, car son regard s'est troublé. J'avoue que je suis d'abord surprise par sa réaction. Mais en fin de compte je m'en fiche de ce *regard*, je suis trop triste, trop en colère. Je poursuis, encouragée par la rancune qui m'étreint.

– Toujours est-il que chaque fois que je repasse devant cette pizzeria, je revois la si belle galerie que nous avions. Et je ne pense qu'à une chose : vous écraser ! Aujourd'hui, cela fait exactement cinq ans qu'il est mort et c'est aussi le jour où vous allez reconnaître vos torts !

Je frissonne en entendant la rage dans ma voix. Mais je suis tellement malheureuse et furieuse que je ne peux pas me contrôler. À cet instant, j'ai vraiment envie de l'écraser ! Malgré son regard encore plus ému que tout à l'heure.

Julian Storm décroise les jambes et s'éclaircit la voix. Je suis curieuse d'entendre sa réponse. Il parle doucement, comme pour ne pas trop déranger le silence qui vient de succéder à mon emportement :

– J'aurais fait exactement la même chose que vous, Leah, si une telle chose s'était produite dans ma vie.

Il se redresse et ajoute :

– Mais je dois vous dire que je ne suis pas celui que vous croyez.

J'en ai marre de me tortiller dans ce fauteuil. Trop besoin de bouger. Je me lève et m'emporte :

– Bien sûr, c'est trop facile ! Mais ça ne marche pas avec moi !
– Je me doutais un peu que vous n'alliez pas me croire !

Il soupire et sourit presque tendrement.

Merde, à quoi il joue ?

Je dois à tout prix rester sur mes gardes. Cette gentillesse cache quelque chose. Comment pourrais-je avaler ses couleuvres ? Comment pourrais-je accepter ces petites phrases qu'il me sort au compte-gouttes pour essayer de me calmer ?

De m'amadouer, oui !

Il se lève à son tour pour se placer en face de moi. Il me dépasse d'une tête mais je lève les yeux et je soutiens son regard, lui renvoyant toute mon agressivité alors qu'il se montre pacifique.

– Je vais vous proposer un genre de deal, Leah.

– Vous pensez pouvoir vous acheter une conscience avec votre argent ?

– Je ne sais pas de quoi vous parlez ! Écoutez-moi plutôt : on va dire que j'ai sept jours pour vous prouver que je ne suis pas celui que vous croyez et vous avez sept jours pour tenter de me prouver le contraire.

– Et comment comptez-vous vous y prendre ?

– Je vais vous garder avec moi pendant sept jours, tout simplement !

J'ai la bouche sèche, je transpire, je vais me trouver mal si ça continue comme ça.

– C'est une mauvaise blague, j'imagine ?

Ce type est dingue ou quoi ? Il faut le faire enfermer, merde !

Il fronce les sourcils :

– Je suis sérieux, Leah.

– Alors n'y comptez même pas ! Vous m'entendez, monsieur Storm ? Il n'en est pas question… Je ne serai jamais votre prisonnière !

– Vous préférez sans doute croupir dans une vraie prison ? Soyons clairs, Leah. Il n'y a qu'une alternative : soit vous acceptez le deal, soit je balance les images enregistrées à qui de droit. Choisissez !

– Vous êtes un enfoiré !

Je crois bien que je viens de hurler ces mots. Je suis hors de moi. Je voudrais pouvoir effacer son sourire qui me paraît soudain tellement suffisant. Je suis venue pour me venger et, finalement, c'est lui qui veut me retenir contre mon gré. C'est du pur délire, j'ai dû pénétrer dans la quatrième dimension sans m'en apercevoir.

Comment accepter une situation pareille ?

Mille questions se pressent dans ma tête.

Et si c'était un malade, un pervers psychopathe ?

– Vous ne pouvez pas m'imposer une chose pareille, monsieur Storm.

– Bien sûr que si, Leah.

– Vous n'avez donc aucune morale ?

Je me rends compte aussitôt de l'énormité de mes propos : c'est la fille au pistolet qui évoque la morale ! Julian lui-même en sourit. Il doit trouver que j'exagère. Ou que j'ai un certain humour. Au choix.

– Disons que j'ai surtout besoin de comprendre, Leah. Et de me protéger par la même occasion. Si je vous ai près de moi, je risque moins d'être surpris par une nouvelle attaque à main armée de votre part.

– Mais je ne suis pas une tueuse !

Il passe la main sur sa blessure, esquisse un autre sourire et chuchote :

– Vous êtes plutôt sur la bonne voie, non ? Bref, il va falloir me prouver que vous n'êtes pas dangereuse pour moi. N'oubliez pas que vous avez pressé la détente.

– Mais pourquoi sept jours, c'est quoi cette histoire ?

– J'ai dit sept jours au hasard. Mais une bonne semaine me paraît en effet nécessaire pour se découvrir mutuellement, et vous prouver peut-être que je ne suis pas un salaud. Au terme de ces sept jours, vous pourrez alors décider si oui ou non je mérite cette haine que vous semblez éprouver à mon égard. Et maintenant, veuillez me suivre, Leah.

– Pas question !

Le milliardaire soupire et se saisit du téléphone design posé sur le bureau.

– Vous faites quoi, là ?

Il hausse les épaules :

– J'appelle la sécurité, ce n'est plus de mon ressort.

C'est la panique dans ma tête, je lève un bras pour l'arrêter :

– Vous êtes un beau salaud, monsieur Storm. Mais n'appelez personne, j'accepte.
– Je préfère ça, Leah.

Il repose le téléphone et m'invite à le suivre.

Nous traversons des kilomètres de couloirs quand le milliardaire s'immobilise soudain devant une porte.

Fidèle à son image d'homme bien élevé, Julian Storm devance la question qui vient de m'effleurer et m'annonce d'une voix naturelle :

– Ne vous inquiétez pas pour ce qui est de votre garde-robe ou de vos affaires de toilette. Je vais vous trouver une brosse à dents, du démaquillant et tous ces petits produits de beauté si nécessaires aux femmes. Je m'occuperai également de vous fournir des vêtements dès demain matin.

Quand il ouvre la porte de ma chambre, je n'en crois pas mes yeux : elle est trois fois plus vaste que l'appartement que je partage avec Mary ! Julian me fait rapidement visiter, avant de m'annoncer qu'il est temps pour lui d'aller soigner sa blessure, de changer de chemise et de rejoindre ses invités car la vente aux enchères va commencer. J'ai envie de lui demander s'il a mal mais pas question de lui faire ce plaisir.

– Je vous souhaite une belle nuit, Leah.

Julian Storm n'attend pas ma réponse pour disparaître. De toute façon, je ne comptais pas lui répondre. Une vague de peur s'empare de moi. Que va-t-il m'arriver ? Je me retrouve à tourner comme un lion en cage dans cette chambre digne d'une suite d'hôtel de luxe. Je me sens faible, stupide, je m'en veux à mort de m'être fourrée dans de pareils draps. Je me dis que je pourrais m'enfuir mais je me souviens aussitôt des images enregistrées concernant ma tentative d'homicide. Et puis soudain, j'avise que cette étrange situation représente peut-être ma chance de confondre enfin Julian Storm, en l'attaquant sur son propre terrain, pour le toucher de l'intérieur. Je sursaute en entendant le son de mon portable qui m'indique la réception d'un SMS. Ouf, j'ai au moins ce moyen de contact avec l'extérieur. Julian Storm n'a pas pensé à me le confisquer. Je vais tout raconter à Mary, elle saura quoi faire pour me tirer de là. Je m'apprête à lui écrire quand je repense à la vidéo. Je suis complètement piégée, Mary ne pourra rien faire pour moi. Je me retiens de m'arracher les cheveux et je me contente de lire le SMS de mon amie :

[Winston vient d'être arrêté par la police. Une histoire de

trafic de portables. C'est la panique, Leah. Je suis très inquiète.]

Je lui réponds dans la foulée :

[Bloquée à Beverly Hills. Voiture en panne. Je suis hébergée chez Julian Storm…]

Je déteste mentir mais je ne me sens pas la force de lui raconter ma soirée en détail. J'ai un peu honte aussi, très peur qu'elle me juge et puis je ne veux pas l'inquiéter.

Enfin, j'ajoute :

[Qu'est-ce que c'est que cette histoire de dingues ?! Les flics doivent se tromper. Il sera libre demain, c'est sûr. Essaye de ne pas trop t'inquiéter. <3]

J'appuie sur Envoi et je pose mon portable sur le lit qui doit faire 3 mètres de large sur 4 mètres de long. J'ai bien essayé de rassurer Mary, mais le fait est que je n'ai jamais aimé ce Winston. Il doit avoir un truc spécial pour que la sublime Mary l'ait à ce point dans la peau. Il fait l'amour comme un dieu ou je ne sais quoi. En ce qui me concerne, je ne comprends pas ! Tout chez ce type trahit la magouille et les mauvais plans. Je ne l'ai jamais senti. Mais tant qu'il n'oblige pas Mary à participer à ses petits trafics et qu'elle y trouve son compte, je n'ai rien à dire. Le désir, l'amour, toutes ces choses ne s'expliquent pas.

Je me brosse les dents, persuadée que je n'arriverai pas à m'endormir.

Et je m'allonge tout habillée sous la couette.

Pas question de me déshabiller chez ce malade.

J'ai pris un cendrier en verre assez costaud que j'ai glissé sous mon oreiller. En cas d'attaque surprise, je pourrais peut-être me défendre. Et j'ai laissé la lumière de la salle de bains allumée pour ne pas me retrouver dans le noir complet.

Je me force à fermer les yeux et, tandis que repasse dans ma tête le film catastrophe des dernières heures, je ressens soudain le contrecoup de toutes ces émotions. Dans le parc, j'entends les voix des invités. Et des bribes de musique. Tous ces sons mêlés me bercent et je me laisse aller… jusqu'à sombrer dans un sommeil agité.

3
LE PREMIER JOUR

Je soulève mes paupières. Une sensation désagréable m'étreint. Je ne reconnais pas ma chambre, je ne comprends pas où je suis. Ça arrive quelquefois quand on dort ailleurs une première nuit : les portes, les fenêtres et toutes ces petites choses familières ne se trouvent plus au même endroit… parce qu'on n'est précisément plus au même endroit. Je m'extirpe progressivement des limbes du sommeil et les connexions principales de mon cerveau se font d'un seul coup : je ne suis pas dans mon lit, je suis loin de chez moi.

Captive d'un milliardaire !

Un étrange pressentiment me gagne peu à peu.

C'est un peu comme si je sentais… une présence !

Je me redresse et je me retiens pour ne pas pousser un cri de surprise.

Il est assis dans un fauteuil et il me mate !

Julian Storm m'observe intensément. En temps normal, je pourrais me réjouir d'être ainsi dévorée des yeux par un mec à tomber par terre. Mais rien n'est normal dans ma vie actuelle. Je me recouvre à la hâte avec la couette. J'ai beau être habillée, je me sens malgré tout comme nue sous les yeux de Julian Storm.

J'hallucine, il me regarde depuis combien de temps ?

Il sourit, et mon inquiétude se transforme aussitôt en colère :

– Espèce de malade mental ! À quoi vous jouez ? Vous vous rincez l'œil ?
– Bonjour, Leah. Vous êtes ravissante quand vous dormez.
– Et vous n'êtes qu'un voyeur et un sadique !

Il sourit de plus belle. Je réprime une vague de frissons. Ce n'est vraiment pas le moment, mais c'est plus fort que moi, je suis médusée par sa beauté.

– Il est tout de même moins sadique de regarder une jolie femme endormie que de tirer sur un innocent !

Innocent ? Et puis quoi encore !

En tout cas, Julian Storm a réponse à tout. Je hausse les épaules. Le pire c'est qu'il n'a pas tort, je l'ai menacé avec un pistolet, avant de carrément presser la détente. Ce n'était qu'un réflexe lié à un désir de lui faire très peur, et j'étais persuadée que le pistolet n'était pas chargé, mais je l'ai tout de même visé et… Bref, c'est un peu vrai, c'est moi la menace potentielle pour l'instant. Lui n'a fait que m'offrir des sourires et m'installer dans une belle chambre. Il aurait même pu profiter de la situation, abuser de moi dans une pièce sans caméras et menacer ensuite de livrer les images de mon acte criminel si je ne gardais pas le silence. Je suis perdue, je ne sais pas comment aborder la situation.

– Écoutez, Leah. En y réfléchissant, n'est-il pas préférable d'être ma « prisonnière » pour une semaine plutôt que de passer des mois en détention dans un endroit passablement moins accueillant ?

– Je me souviens simplement de ce que vous avez fait à ma famille, monsieur Storm.

– Si vous permettez, nous aurons l'occasion d'en reparler tranquillement. Vous vous ferez peu à peu votre petite idée.

Comment s'y prend-il pour être toujours si imperturbable ? Je m'efforce de me calmer un peu et je remarque alors ses cheveux en bataille, son jean usé et son tee-shirt noir qui met en valeur ses abdominaux, ses larges épaules et les muscles de ses bras. Il est magnifique, vraiment sexy.

Et je suis là dans ce lit, quelques mètres à peine nous séparent…

Je m'en veux aussitôt d'éprouver une pensée coupable. J'ai l'impression de me trahir. Je dois me reprendre immédiatement. J'attaque sur un ton légèrement moqueur :

– Quel est le programme des réjouissances ? Dites-moi ! Vous comptez m'emmener dans un parc d'attractions ? Ou dans un zoo pour me faire découvrir des spécimens dans votre genre ?

– Je pourrais me déshabiller, murmure Julian en frôlant son épaule de la paume. Et vous rejoindre sous la couette. Je crois que j'adorerais ça, mais j'ai malheureusement un emploi du temps très chargé.

J'efface en un éclair l'image de Julian Storm nu contre moi, sous la couette, tandis qu'il ajoute en se levant :

– Nous nous retrouverons ce soir pour le dîner. Vous êtes libre de circuler à votre guise dans la villa, d'utiliser la piscine, le sauna, la salle de gym, vous pouvez même regarder des films dans la salle de projection. Et si vous avez un souci, n'hésitez pas à demander de l'aide à Katia.

– Cette Katia, c'est une *fiancée* ?

– Vous me faites rire, Leah. Katia était l'une des plus grandes femmes de chambre du Ritz, elle est très efficace. Pour info, elle est au courant de votre… situation. Je n'ai aucun secret pour elle. Nous avons confiance l'un en l'autre.

En voilà une qui a de la chance !

Julian sourit encore, il doit vraiment lire dans mes pensées. Il passe une main dans ses cheveux, avant de préciser :

– Katia répondra à vos questions avec naturel et franchise. Bref, je ne vous demande que deux choses : ne mettez pas la villa à sac en fouillant partout et n'essayez pas de vous enfuir. À part ça, je vous ai fait livrer des habits. J'ai choisi, j'espère que cela vous plaira. Katia vous les installera dans le dressing pendant que vous prendrez votre petit déjeuner.

Le ton de Julian est bienveillant mais ferme. J'ai l'impression d'être une petite fille écoutant les recommandations d'un adulte. Et ça m'agace au plus haut point.

Je me sens à la fois impuissante et curieuse.

– Vous êtes d'accord pour tout, Leah ?

Je hoche la tête. Ai-je réellement le choix ? Je suis coincée par cette histoire de caméras de surveillance. Par ailleurs, un sentiment inattendu me dérange, à savoir que je suis un peu excitée par cette situation. Ça m'énerve carrément mais je ne peux pas le nier. Est-ce le fait d'être à la merci d'un homme un peu autoritaire et très élégant ?

Et beau comme un dieu, surtout !

Tout cela me procure des sensations insoupçonnées. J'ai beau avoir honte, c'est comme ça. Mettons cela sur le compte de la fatigue ! En tout cas, pas question de montrer quoi que ce soit. Et ça me passera dès que Julian Storm sera sorti de cette chambre.

Alors qu'il passe le seuil de la porte, il se retourne et déclare :

– Je vais voir ce que je peux faire pour le boyfriend de votre amie Mary.

Je bondis hors du lit, furieuse et rouge comme une pivoine :

– Quoi ? Vous avez consulté mes SMS ?
– Oui, bien sûr !
– « Oui, bien sûr ! » Non mais c'est dingue à la fin, je rêve ! De quel droit vous vous immiscez à ce point dans ma vie privée ?
– Vous m'avez tiré dessus, Leah ! La prudence m'oblige donc à vous surveiller de près. La consultation de vos SMS est une simple formalité !

Je fulmine. Je me souviens du cendrier caché sous mon oreiller. J'envisage sérieusement d'aller le récupérer pour le balancer sur la jolie petite gueule de Julian Storm. Puis je me ravise en pensant à Mary. Si ce milliardaire sans gêne peut faire quelque chose pour libérer Winston l'Embrouille et rendre Mary heureuse, il faut en profiter.

– Mais pourquoi vouloir aider un type et une fille que vous ne connaissez pas ? Désolée de vous l'annoncer, mais vous ne ressemblez pas vraiment à Robin des Bois !
– Parce que c'est dans ma nature, Leah. Et parce que cette Mary est votre amie.

Il soupire avant d'ajouter :

– Et puis cessez d'avoir trop de certitudes à mon sujet. Pour en revenir à Mary, je vais mettre mon ami et bras droit John Edwards sur l'affaire, c'est un avocat hors pair, il est très doué. Et maintenant, suivez-moi, je vais vous présenter Katia.

C'est devenu une habitude, je le suis à nouveau comme un petit chien ! Je ne me reconnais pas. À tel point que je me filerais des baffes. Je m'efforce de ne pas trop m'en vouloir en reconnaissant qu'il a toutes les cartes en main.

Dans une cuisine immense garnie de chromes et ouverte sur le salon, j'aperçois une femme élégante, la cinquantaine. Elle porte les cheveux en chignon et je suis surprise par son regard assez doux. Je m'attendais à une matrone et ce n'est pas du tout le cas.

– Leah, je vous présente Katia. Katia, voici Leah dont je t'ai parlé.

Il la tutoie ? Ils doivent être très proches !

Nous nous saluons et Katia me signale gentiment que mon petit déjeuner est servi près de la piscine. Julian m'adresse enfin un dernier sourire, avant de s'éloigner. Il traverse le salon sans se retourner, et me lance avec bonne humeur :

– À ce soir pour le dîner, Leah.

Il me parle vraiment comme si on était en couple ! Il a fumé ou quoi ?

Je le regarde grimper à bord de sa Maserati Quattroporte. Je ne sais pas pourquoi mais j'adore cette voiture depuis toujours. Elle est tout simplement belle. Et je me dis qu'il a du goût, avant de hausser les épaules.

Qu'est-ce que ça peut bien faire qu'il ait du goût ? C'est un salaud, point barre.

Sur ces pensées, je me dirige vers la piscine où m'attend un petit déjeuner pantagruélique qui pourrait subvenir aux besoins alimentaires d'une famille nombreuse pendant une bonne semaine.

Et voilà le tableau !

Je m'appelle Leah Windfield et je suis prisonnière dans la villa d'un milliardaire. En compagnie d'une ex-femme de chambre du Ritz.

Le reste de la journée s'est déroulé de façon étrange, comme hors du temps. J'ai dévoré mon petit déjeuner ; j'ai fait des longueurs dans la piscine avec sa vue imprenable sur Santa Catalina ; j'ai transpiré dans le sauna, sué dans la salle de gym, avant de prendre une douche dans une cabine aussi large qu'un minibus.

En début d'après-midi, m'arrangeant pour ne pas être surprise par Katia, j'ai tenté en vain de pénétrer dans le bureau de Julian Storm pour essayer d'effacer la vidéo de mes actes. Pour me calmer, je suis allée découvrir les vêtements que m'avait choisis Monsieur Je-décide-de-tout. Et franchement, force est de constater qu'il n'a pas que du goût pour la peinture ou les voitures. Julian Storm a également des notions de haute couture. Les robes et les jupes sont magnifiques, des matières raffinées, du lin, de la soie… et des dessous chics et sexy. J'ai même imaginé en rougissant la réaction de Julian Storm me découvrant en petite tenue. Je me suis reprise en me promettant de ne pas lui dévoiler le moindre centimètre carré de chair. Mais j'étais fascinée de découvrir qu'il avait deviné mes goûts. Je me suis même dit que c'était comme s'il me connaissait depuis toujours. J'ai arrêté de me poser des questions stupides avant de devenir trop mièvre. À différentes reprises, Katia a essayé de venir me parler un peu mais je suis restée très distante.

Elle est de son côté ! Du côté de Julian !

J'ai échangé quelques SMS avec Mary pour prendre des nouvelles et lui dire de ne pas s'inquiéter pour Winston. J'ai dû également boire 30 000 cafés pour passer le temps.

Et maintenant, je suis une pile électrique. Julian Storm est en face de moi. Nous sommes à table au bord de la piscine. Nous venons de déguster des plats sophistiqués préparés par Katia. Nous n'avons presque pas échangé de mots.

Des enceintes d'extérieur invisibles diffusent les rythmes suaves savamment mixés par un DJ d'Ibiza. Je dois avouer que l'ambiance pourrait être top, mais je suis très mal à l'aise. Julian finit par briser le silence.

– Je ne vous ai pas trop manqué, Leah ?

Il va vraiment finir par m'agacer Mister Contrôle.

– Si vous vous attendez à ce que je vous fasse la conversation, vous rêvez. De toute façon, il est bientôt l'heure d'aller dormir. Vous avez école demain.

– Vous me faites souvent rire, Leah. J'aime ça. Rien ne vous oblige en effet à dire quoi que ce soit, surtout si c'est pour être désagréable.

– Je devrais vous remercier de me retenir contre mon gré, c'est ça ?

– Je n'attends pas d'être remercié, Leah. Le but de l'histoire est de comprendre la raison d'une telle situation. On pourrait peut-être…

– Quoi ? On pourrait quoi ?

Je crois que je n'ai jamais été aussi agressive de ma vie. Mais Julian sourit et je me mords la lèvre inférieure pour ne pas craquer.

– Se confier un peu, Leah. Se confier l'un à l'autre…

– Pfff, se confier… Ce n'est pas vraiment mon sport favori !

– *Idem*, Leah. Mais il faut un début à tout.

Je ne saurais dire pourquoi, mais j'ai aimé sa façon de me dire : « il faut un début à tout ». Et c'est vrai que lui lancer des piques à tout bout de champ n'avancera à rien. Peut-être que notre relation doit évoluer. C'est ce qui est en train de se produire d'une certaine manière. Plus nous nous confierons et mieux je serai à même de le coincer, de l'obliger à admettre qu'il est responsable du décès de mon père. Je suis sur le point de me calmer un peu quand me revient soudain cette image récurrente des tabloïds qui déblatèrent à propos des frasques sexuelles du milliardaire.

– Difficile d'avoir une vraie conversation avec un type qui passe son temps à emballer les filles. Et à emprisonner celles qu'il ne peut pas emballer. Je ne suis pas une de vos bimbos, monsieur Storm. Jamais de la vie !

– Vous êtes la première que j'emprisonne, plaisante-t-il. Pour répondre à vos allusions sur ma vie privée, pas question d'affirmer que je suis un saint, mademoiselle Windfield. Mais les photos dans la presse ne sont jamais que des clichés. La plupart de ces femmes qui s'accrochent à mon cou le font dans le but d'ajouter un bonus à leur press-book, avant d'aller démarcher des producteurs. Je suis une image « bankable » à leurs yeux respectifs !

– Oh, vous ne seriez qu'un malheureux faire-valoir ? Ça doit être l'enfer pour vous, monsieur Storm.

Mon ironie ne semble pas atteindre Julian Storm qui me répond simplement :

– C'est la rançon du succès, je ne suis pas du genre à me plaindre.

Il se lève et déclare :

– Étant donné que vous ne semblez pas disposée à discuter posément, je préfère vous laisser pour aller dormir.

– Ainsi les milliardaires se couchent avec les poules ?

Julian avance la main vers mon visage, comme s'il voulait replacer la mèche de cheveux qui tombe sur mon visage, puis il se ravise.

– Je viens de faire six heures d'avion. Et puis, comme vous dites, j'ai école demain, chère Leah. Je vous souhaite donc une bonne nuit.

Puis d'une voix profonde, il ajoute :

– À moins que vous ne souhaitiez venir me border ?

L'éclat dans ses yeux me laisse muette alors que le rouge me monte aux joues. Devant mon silence, il s'éclipse et je me retrouve seule, assise au bord de la piscine éclairée.

Le DJ d'Ibiza continue d'habiller la nuit de ses savants mixages.

Je regarde une lumière s'allumer dans une pièce du premier étage.

La chambre de Julian Storm.

Je hausse les épaules et je décide de faire quelques longueurs dans la piscine avant d'aller réintégrer ma chambre de prisonnière.

4
INTIMITÉ

Je suis réveillée par le bourdonnement de mon téléphone m'indiquant un SMS en attente. Je me redresse sur un coude. Le soleil filtre à travers les stores de la chambre. C'est un monde à part ici. On n'entend pas un bruit. Si je n'étais pas dans une telle situation, je pourrais facilement imaginer que je suis au paradis. J'attrape mon portable, il est 9 heures du matin, et je consulte mon message : c'est Mary. Elle est limite hystérique car Winston vient d'être libéré « comme par magie ». J'ai d'abord envie de lui répondre que la « magie » n'y est pour rien et que Julian Storm a tout simplement le bras long. Mais je n'en fais rien car cela m'obligerait à lui expliquer trop de choses. Pour l'instant, je dois me débrouiller seule. Au fond de moi, je suis surprise que Julian ait tenu parole. En moins de vingt-quatre heures, il a réglé le problème ! Sans lui et ce John Machin Chose, Mary serait encore seule à se ronger les ongles. Mais pourquoi a-t-il fait ça ? Je réponds à Mary que c'est trop cool et que je suis heureuse pour elle.

Je reçois un nouveau message au bout de trente secondes :

[Et toi, tout va bien ? Tu as le droit de découcher, *of course* ! Mais promets-moi de me joindre si tu as le moindre problème. <3]

Je souris intérieurement, je suis rassurée que quelqu'un s'inquiète pour moi à l'extérieur, j'ai l'impression d'être moins seule, mais je ne veux pas évoquer ma situation pour l'instant. Pas question de mêler Mary à mes bêtises. Je réponds simplement :

[Promis, Mary. Belles retrouvailles avec ton repris de justice. Prends soin de toi surtout. À très vite. <3]

Je rejoins la terrasse au bord de la piscine pour mon petit déjeuner. Je suis curieusement plus détendue. Sans doute à cause de mon échange avec Mary. Et aussi parce que je suis en train de m'habituer à cette étrange situation. C'est mon deuxième matin dans la villa de Julian Storm et j'en profite différemment.

À présent, je me promène tranquillement dans la villa, je prends la température. C'est un véritable monde de luxe. Le décor est hallucinant, les matériaux du sol aux plafonds, bois, tadelakt et compagnie, se mêlent avec harmonie et les objets d'art ont trouvé leur place idéale aux quatre coins de cette villa. Et pourtant, à mes yeux, ces lieux s'apparentent plutôt à un vaste univers de solitude. On dirait que Julian Storm a voulu se construire une sorte de cocon mais tout ce décor m'évoque plus un théâtre que la vraie vie.

C'est comme un bouclier, une panoplie.

Aujourd'hui, son bureau n'est pas fermé à double tour. Je ne résiste pas à la curiosité d'y entrer pour fouiller discrètement. Je m'installe devant son ordinateur dans le but de retrouver les images des vidéos de surveillance. Sans ça, Julian ne pourra plus me mettre la pression. Mais ça ne marche que dans les films ! Impossible en effet de trouver le code d'accès pour ouvrir les fichiers du milliardaire. Après une série d'essais infructueux, je me rends à la raison : je ne suis pas un hacker. En vérité, j'ai toujours été nulle en informatique.

Il a dû trouver un mot de passe aussi tordu que lui !

J'abandonne à regret, mais je suis attirée par un gros album posé sur un coin de l'immense table. Je ne peux pas m'empêcher de le consulter. Il contient des photos de Julian Storm à tous les âges : bébé, enfant, adolescent. C'est troublant de découvrir ces images de mon « geôlier ». Mille et une sensations me titillent au fil de ma découverte de la biographie en images de Julian Storm. Et je suis attendrie, c'est toujours très touchant de voir les gens comme ils étaient avant. On a l'impression troublante et nostalgique de pénétrer dans l'intimité du passé.

Il était déjà super mignon, quand même.

Et je frissonne en tournant la dernière page. Mon regard est en effet captivé par le cliché d'un très beau couple avec un enfant qui sourit à leurs côtés : Julian doit avoir 5 ou 6 ans, il a déjà ce sourire inimitable, il semble heureux d'être entre ses parents. Je suis vraiment émue. Simplement parce que c'est trop beau, ce sourire d'enfant. Mais sur la photo quelque chose d'autre me trouble : l'homme et la femme sont tout simplement barrés d'une croix au feutre, comme si quelqu'un avait voulu effacer leurs silhouettes. Et je comprends soudain que Julian Storm cache quelque chose... Il ne peut pas en être autrement.

Est-ce lui qui a barré cette photo ? Et dans ce cas, pourquoi ?

Je sursaute et je dirige mon regard vers la porte. Katia m'observe calmement au seuil du bureau. Je suis très gênée. Contre toute attente, elle ne me fait aucune réflexion. Au contraire, elle s'approche de moi et elle me propose de m'asseoir pour discuter un peu. Je baisse les armes, mise en confiance par la douceur de son ton.

– Je sais que je n'aurais pas dû ouvrir cet album, mais c'était plus fort que moi.

Katia m'adresse un sourire et commence à me parler.

– Cela restera entre nous, Leah, c'est promis. Et pour être honnête, je vous comprends.

Je lui souris en retour et je lui demande :

– Julian compte beaucoup pour vous, n'est-ce pas ?

– Énormément, murmure-t-elle. D'abord, il m'a sortie d'une très fâcheuse situation le jour où j'en avais besoin. Il m'a engagée sans hésiter, m'a offert une nouvelle vie sans jamais me donner l'impression que je lui étais redevable. Bien sûr, je connais les moindres recoins de cette villa et je m'occupe de tout pour que les choses tournent, mais nos rapports sont surtout des rapports de confiance, et…

Katia s'interrompt un instant comme si elle n'osait pas continuer, puis elle reprend :

– C'est comme si j'étais quelqu'un de la famille. Comme une maman, sur qui il pourra toujours compter. En toute simplicité, vraiment ! Malgré les apparences, Julian n'est pas un homme si heureux que ça, Leah. Il est seul, réservé. Aussi ne lui en veuillez pas trop d'agir ainsi. Je puis vous assurer que c'est quelqu'un de droit, animé par un réel sens de la justice en toute circonstances. Et son beau sourire cache bien des larmes de jeunesse. Seigneur, je ne devrais pas vous raconter tout cela, mais j'éprouve de la sympathie pour vous, j'ai confiance !

Elle me sourit :

– Il y a un *feeling* comme on dit.

Je ravale ma salive. Je ressens moi-même ce *feeling*. Ça fait beaucoup de choses en même temps. Je suis déstabilisée. Katia me parle avec tant de franchise de ce côté humain chez Julian Storm que je lui en suis reconnaissante. Cette femme a quelque chose en elle. Et je comprends le choix de Julian. J'ai même la sensation qu'il serait sans doute perdu sans elle. Moi-même je me sens moins stressée à son contact. Je ne peux pas me l'expliquer mais même si je me demande encore dans quoi j'ai bien pu m'embarquer, je me sens détendue en sa présence. Et les mots sortent tout seuls :

– Je vous apprécie également, Katia.

– C'est gentil. En tout cas, soyez rassurée, Julian ne vous fera jamais aucun mal. Ce n'est pas son genre.

– N'oublions pas qu'il me retient quand même prisonnière !

– Il n'a jamais fait ça avant, je vous assure. Il a agi sur un coup de tête.

Je suis réellement touchée par les réponses de Katia. Je me dis que je ne suis peut-être pas si prisonnière que ça. J'ai plutôt l'impression d'être prisonnière de moi-même depuis mes 18 ans, depuis la mort de papa. Je me relaxe même si je suis toujours en colère de cette souffrance ruminée au fil des dernières années. En fait, j'ai conscience que Katia ne triche pas, qu'elle me dit la vérité. Grâce à elle, je me sens plus légère et j'en oublie de me poser trop de questions sur mon sort. Je ne sais pas ce qui m'attend, cependant j'ai la certitude que Julian ne va pas me torturer dans sa cave.

Katia me laisse pour vaquer à ses occupations.

Résignée à ne pas mettre la main sur le fichier vidéo compromettant, je passe le reste de la journée à errer dans la villa tout en repensant à cette photo avec les deux silhouettes barrées.

Pourquoi Julian aurait-il fait ça ? Que s'est-il passé ?

Et un nouveau sentiment apparaît peu à peu en moi. Je constate à mon grand dam que j'ai hâte de le revoir ! Les révélations de Katia ne sont certainement pas étrangères à ce désir inattendu.

Hier je voulais l'écraser et aujourd'hui j'attends avec impatience la fin de l'après-midi.

Je rêve presque de le voir apparaître devant moi, c'est du délire !

J'ai du mal à accepter cette idée, mais c'est pourtant plus fort que moi. C'est dans ma tête. Et c'est… physique ! Et c'est si nouveau pour moi…

Mon portable vibre. Un nouveau SMS. Je m'apprête à lire un message de Mary, mais c'est Julian qui m'a écrit !

[Aimez-vous les fruits de mer ? Bien à vous. Julian Storm]

Mon cœur s'accélère un peu.

Holà, il va falloir se calmer !

Je réponds :

[Oui.]

Dans ma petite tête, une pensée grossit et je dois me faire violence pour ne pas la confier par texto à Julian Storm. C'est une pensée qui tourne en boucle dans les arcanes de mon cerveau : envie de repasser une soirée avec vous… envie de repasser une soirée avec vous… Puis je me reprends aussitôt.

Mais uniquement pour découvrir votre point faible, monsieur Storm.

Je décide quand même d'ajouter un P.-S. à mon SMS :

[Merci pour Mary.]

Une heure plus tard, je suis en train de faire des longueurs dans la piscine quand Julian Storm débarque par surprise.

– Avoue que c'est une prison de luxe, plaisante-t-il en m'observant du bord de la margelle.

Je rêve ou il vient de me tutoyer ?

– Pas mal !

Il sourit en soupirant. Je suis à la fois gênée – c'est la première fois qu'il me tutoie – et excitée. Je m'éloigne un peu de Julian pour calmer le jeu. Je n'ai pas envie de sortir de l'eau et de me promener en maillot devant lui.

Merde, je fais quoi là ?

Julian Storm me rejoint avec une serviette. Touchante attention de sa part qui me tire d'un embarras certain. Et je commence à culpabiliser de ressentir tant de nouvelles choses au contact de cet homme. Comme s'il ne cessait de lire dans mes pensées, Julian Storm déclare :

– Tu sauras tout de moi en temps et en heure. Mais ce soir, on en profite, on s'amuse un peu ! Si tu veux bien m'accorder cet honneur ?

C'est sûr, on se tutoie maintenant.

Je hoche la tête. J'apprécie secrètement sa façon élégante de proposer une trêve. Ce serait peut-être bon de me détendre un peu et de baisser les armes, l'espace d'un cessez-le-feu.

Si j'y arrive !

La preuve en est que le premier quart d'heure de notre dégustation de fruits de mer est consacré à un échange de piques en bonne et due forme. Je n'arrive pas vraiment à me laisser aller. Je ne sais pas quoi penser de Julian. Il me répond poliment, parfois un peu froidement pour neutraliser mon agressivité, mais il ne se livre pas. Puis il verse du champagne dans une coupe qu'il me tend délicatement :

– Si tu pratiquais l'amabilité, Leah, je te répondrais peut-être plus volontiers ! Goûte ce champagne en attendant un miracle !

Je soupire. Il y a de la bienveillance et de la délicatesse dans son ton, mais ça sonne quand même comme un ordre. Je décide de rester sur mes gardes, de faire semblant de m'amuser. Et puis les minutes passent, le temps fait son œuvre… et le champagne aussi ! Si bien que je commence à lâcher prise. Pour être honnête, j'ai surtout besoin de me détendre, je suis fatiguée d'essayer de coincer Julian. Après tout, je peux bien me relaxer le temps de cette soirée sans pour autant perdre le contrôle. Et repartir au combat demain matin. Pour l'instant, la musique qui s'échappe des enceintes me rappelle des souvenirs. « I will survive » par Gloria Gaynor. Je souris et Julian m'interroge du regard. D'une voix rêveuse, je lui explique :

– C'est sur cette chanson que je faisais des défilés de mode avec mon amie d'enfance. Nous étions seules à la maison, on s'imaginait qu'on était des femmes, on essayait à tour de rôle les robes et les chaussures à talons de ma mère. C'était génial.

Le sourire de Julian s'agrandit soudain et il me propose de passer au salon.

Au milieu des œuvres d'art, il me lance un défi sans prévenir.

– Serais-tu capable de défiler pour moi comme tu le faisais avec ton amie ?
– Vous voulez que je joue les mannequins pour vos beaux yeux ?

– Pourquoi pas ? Et puis il faut à tout prix essayer ces vêtements que je t'ai choisis, ne serait-ce que pour savoir si j'ai du goût !

Tu as du goût, ne t'inquiète pas !

Je n'ai pas envie de me prêter à son petit jeu, mais je me dis que c'est peut-être un moyen de parvenir à l'attendrir pour découvrir le mot de passe de son ordi et mettre la main sur le disque dur contenant les images de la vidéo de surveillance. Et puis revivre les sensations d'antan est une perspective assez séduisante. Je m'éclaircis la voix et je me lance :

– En revanche, ne comptez pas sur moi pour défiler en dessous !

Julian soupire et esquisse une fausse mimique de tristesse.

– C'est bien dommage, mais je comprends. Puis-je au moins compter sur toi, Leah, pour cesser de me dire « vous » ?

Ça, ça va être difficile.

– Je vais essayer, c'est promis.

Julian transporte mes affaires dans une pièce adjacente et je commence à défiler. Un peu gênée au départ, je prends de l'assurance. Julian a mis de la musique et j'ondule malgré moi. L'ambiance se réchauffe sérieusement. Le regard amusé, réjoui et admiratif de Julian me donne des ailes. Je ne sais pas si c'est la caresse des tissus que j'enfile ou l'éclat dans le regard de Julian qui me trouble autant. Mais dans ses yeux je me sens belle et désirable.

C'est le champagne... C'est le champagne...

Pourtant je ne peux pas m'empêcher d'en rajouter. J'ai l'impression d'avoir le pouvoir.

– J'aimerais te prendre en photo, Leah !

J'hésite trois secondes avant de me rappeler les tirages encadrés dans le couloir. L'idée de ce nouveau regard de Julian sur moi n'est pas faite pour me déplaire. J'apprécie sincèrement ce côté artiste chez lui.

– Seulement si tu me confies la carte mémoire de l'appareil pour que je puisse garder le contrôle sur mon image.
– À tes ordres, ma « captive ».

Je hausse les épaules en souriant. Je me sens bien. Loin de moi-même et pourtant tellement moi. C'est inexplicable. Et d'ailleurs je m'en fiche. Je continue à défiler en rythme avec la musique tandis que Julian me tourne autour pour me shooter sous différents angles. Il semble heureux et je suis séduite par son petit air concentré. Il ne fait pas semblant de me photographier. On dirait presque qu'il travaille, que c'est un moment important pour lui. Alors je me donne à fond pour qu'il puisse réaliser les plus belles images. Chacun des déclenchements de l'appareil est comme une caresse qui m'électrise. C'est très sensuel, érotique…

Ce n'est pas le champagne, au secours…

Julian branche enfin son appareil sur son ordi et me propose de visionner les photos sur l'écran géant de son iMac. Nous sommes debout l'un contre l'autre, penchés sur le moniteur où défile le diaporama des images prises par Julian. J'ai l'impression de voir de sublimes photos de mode. Et je frissonne de plaisir à la pensée que le mannequin vedette, le top model du jour, n'est autre que moi.

Ça fait tout drôle. Il est vraiment doué.

– Tu es très belle, Leah, souffle Julian en passant un bras sur mes épaules.

Non, non, non, pas ça. Ne fais pas ça, malheureux. Je suis sur le point d'exploser, moi…

Je me dégage adroitement en soupirant.

– Ce n'est pas raisonnable, Julian.

Il m'offre un sourire à faire s'évanouir un peloton de bimbos :

– Je te propose d'essayer une dernière robe.

Je vois très bien de laquelle il veut parler. Pour être honnête, je l'ai sans doute inconsciemment réservée pour la fin. Je hoche la tête et je vais la passer dans ma cabine d'essayage improvisée.

Je rejoins enfin Julian dans ma nouvelle tenue. Assis sur le canapé, il me dévore des yeux. À tel point que j'en sens presque la morsure.

– Elles te vont toutes sublimement bien, mais celle-ci… cette soie rouge sur ta peau, mmm…

Mmm, toi-même !

Dans ma robe rouge en soie et au dos très décolleté, je virevolte et je ris. Je frissonne d'entendre la voix rauque de Julian qui me complimente à en gémir. Je pressens comme un danger, mais je débranche mon alarme interne. Oui, j'ai envie de m'amuser. J'ai envie, tout simplement. Je me sens totalement désinhibée. Il n'y a plus de barrière entre nous ce soir. Nous sommes dans une autre dimension où les lois ne sont pas les mêmes que sur la planète Terre. Nos instants partagés ont fait s'écrouler ce mur contre lequel nous nous cognions l'un l'autre sans parvenir à nous rejoindre. Julian se lève et il s'approche.

Nos regards se percutent et s'embrasent. Sa bouche est si proche de la mienne que mon cœur s'affole. Je crois même que nos lèvres se touchent. Aucune entrave ne se dresse entre nous, nos corps sont si proches que l'odeur de sa peau m'envahit. Je ferme les yeux, envoûtée par sa présence, par son baiser, par les battements de mon cœur qui s'emballe. Plus rien d'autre n'existe que Julian Storm et les sensations qu'il provoque en moi. Vaincue, je m'abandonne contre son torse dans un mélange d'appréhension et de délice…

Les paumes de Julian effleurent mes épaules et je frissonne. Je lui ai rendu son baiser, j'ai aimé le goût de ses lèvres, je me suis abandonnée contre lui…

Qu'est-ce qui me prend ?

Reculant légèrement pour rompre notre étreinte, je croise son regard. Ses yeux assombris me dévorent, ne laissant aucun doute sur le désir qu'il ressent lui aussi. Personne ne m'a jamais regardée de cette façon. Alicia Keys chante « No One » et je suis en accord parfait avec ses paroles.

Je me sens prête à tout. La présence de Julian et la proximité de son corps me font oublier toute réserve. Mon attirance pour lui couve en moi depuis le début. Nos mains se frôlent, des envies insolentes m'envahissent. Mon attraction à cet instant est à la mesure de la haine que j'éprouvais, c'est comme si mes sentiments venaient de s'inverser. Je tente de me raisonner :

Il est encore temps de reculer… non, c'est un désir trop impérieux.

La musique si envoûtante me pousse à laisser parler mon corps. J'essaye vainement de contrôler le désir qui m'envahit mais les sensations que Julian fait naître en moi ont raison de ma volonté. Je n'ai jamais ressenti cela avant, quand il me regarde, quand ses mains me frôlent, il allume en moi un besoin presque sauvage de lui appartenir. Mes lèvres s'entrouvrent instinctivement et sa langue si douce s'y fraie un passage pour aller s'enrouler autour de la mienne. Je sens ses larges mains qui descendent le long de mes bras et une décharge m'électrise les reins quand ses doigts puissants épousent enfin le relief de mes hanches.

J'aime qu'il me tienne comme ça…

Et j'aime infiniment ce goût de champagne dans nos bouches qui se cherchent. Je viens de quitter définitivement la planète Terre, je décolle à destination du plaisir, je suis déjà ailleurs et je ne me pose plus la moindre question. Une de mes cuisses s'insinue entre ses jambes. C'est incroyable, ce n'est pas moi, je ne me reconnais pas ! Je sens son érection contre mon ventre tandis que ses mains remontent ma robe et glissent sous l'étoffe de mon string pour caresser mes fesses.

– Ta peau est si douce, Leah, souffle-t-il.

Il gémit et je me dis que j'adore ces sons qui sortent de sa gorge. Dans ses yeux, je devine le trouble et l'émotion tandis qu'il pétrit mes fesses rondes tout en reprenant ma bouche, d'abord doucement, puis fermement, profondément ; il me fouille littéralement de sa langue comme s'il désirait marquer son territoire. Et je suis bouleversée par l'idée qu'il désire si fort me posséder. Je feins de rendre les armes, je me fais molle et lui laisse la voie libre, je savoure les secondes qui s'écoulent, puis je me rebelle, faisant glisser et tourner ma langue à mon tour dans sa bouche. Il gémit encore, comme surpris par mon audace. Je continue, j'aspire sa langue sans faiblir tout en glissant mes mains dans ses cheveux en bataille.

Julian me repousse alors avec douceur et me contemple. Il est magnifique avec sa chemise noire en lin dont trois boutons sont ouverts sur son torse que j'ai tant envie de caresser, lécher, mordiller… et griffer.

– Installe-toi sur ce canapé, Leah.

Il me plaît, il est vraiment irrésistible.

Franchement, je n'ai jamais été aussi excitée de ma vie.

Alors tant pis pour ce canapé que j'avais juré de… Tant pis, c'est tout !

Je m'exécute sans broncher, je prends place sur les coussins confortables.

Les mains dans les poches de son pantalon de toile qui lui tombe parfaitement sur les hanches, Julian m'observe avec un air fasciné, comme si j'étais une apparition. L'émotion et le désir brillent dans ses pupilles. Il passe ses deux mains dans ses cheveux et je ne manque pas de remarquer la bosse qui déforme son pantalon là où…

– Remonte ta robe sur tes cuisses, Leah.

J'ai franchi la frontière, je ne peux plus m'arrêter… Envie de l'exciter…

– C'est un ordre, monsieur ?

Julian hoche la tête en continuant à me fixer de son regard de braise. Les pointes de mes seins sont douloureuses à force de durcir. J'ai envie de gémir mais je me force à adopter une attitude digne et séductrice. Je sais que je l'excite et je décide d'en jouer. Je remonte lentement la soie rouge de ma robe sur mes cuisses dorées…

Et j'écarte lentement les jambes en passant la langue sur mes lèvres…

Je n'ai jamais fait ça et c'est pourtant tellement naturel. J'aime jouer ce rôle de la captive consentante.

– Voilà, monsieur…

Je l'interroge du regard. Il acquiesce en se mordant la lèvre inférieure. J'ai l'impression que son pantalon pourrait se déchirer tant la toile se tend, là, juste là, entre ses cuisses. Je ne peux pas m'empêcher d'imaginer la forme de son sexe, sa texture, son goût, je suis impatiente de le découvrir.

Au secours, je perds carrément les pédales… Mais j'abdique…

– Et maintenant, Leah, tu sais quoi ?

Le regard brûlant de Julian n'est pas difficile à interpréter. Je sais qu'il aimerait que je fasse glisser ma culotte déjà mouillée le long de mes cuisses, que je la laisse descendre lentement jusqu'à mes chevilles et que j'offre enfin ma toison au plaisir de ses yeux. Même si j'ai très envie de le faire, je feins d'être naïve.

– Non… dis-moi !

Nous nous sourions. Ce petit jeu entre nous est en passe de m'embraser. Ma température doit avoisiner les 50 °C. Je ne suis plus Leah, l'artiste rebelle qui travaille en solitaire dans son atelier. Franchement, je ne me suis jamais livrée aussi facilement. Je m'étonne moi-même. J'envisage encore de me dérober, mais je me mens à moi-même. J'imagine en vain que quelqu'un pourrait venir me sauver.

Mais il est bien trop tard, les secours n'arriveront jamais à temps.

Je suis un volcan qui se réveille. Les idées affolantes qui me traversent sont autant de coulées de lave qui me brûlent et me dévastent.

– Voudrais-tu t'alléger de ce ravissant string rouge et me l'offrir ?

Il me fait rire, c'est lui qui me l'a offert…

J'obéis et le lui lance. Il l'attrape au vol et le porte à son visage en souriant.

– Délicieuse offrande, Leah.

Par la seule force de sa voix et de son regard, Julian me pousse à écarter mes jambes, à m'offrir encore plus. Il s'approche lentement de moi, s'agenouille entre mes cuisses et murmure en me défiant du regard :

– Je vais te goûter, Leah.

Je gémis, je suis un peu gênée, mais je m'en fiche et je murmure :

– Euh… Je suis ta « captive », je n'ai donc pas vraiment le choix.

Il me sourit tandis que je me retiens de lui crier : « Fais-le maintenant, s'il te plaît, fais-le ! » Je griffe le cuir du canapé et je me tends vers sa main qui se faufile entre mes cuisses. Je frissonne, ouvre mes jambes, me cambre et pousse un cri quand son index et son majeur s'immiscent entre mes lèvres.

– Tu me rends complètement folle, Julian.
– Je vois ça, chuchote-t-il en souriant, puis il se prend à titiller sans prévenir mon clitoris entre le pouce et l'index de son autre main.

Une nouvelle onde électrique me parcourt et je glisse encore plus vers lui. Ses lèvres sont à quelques centimètres de mon sexe, je peux sentir son souffle chaud. Il fait coulisser ses doigts encore plus profondément en moi, tout en continuant à masser mon clitoris ultra-sensible de son autre main. C'est tantôt doux et lent, puis plus appuyé et rapide, il alterne les rythmes avec habileté et il me rend de plus en plus dingue.

Mmm, c'est délicieux…

Quand il plaque son visage entre mes cuisses sans cesser ses caresses, je commence à dérailler. Sa bouche sur mon sexe, sa langue et ses doigts entre mes lèvres soulèvent une tempête au creux de mes reins. Je suis réceptive.

C'est magique…

Insatiable et sans pitié, Julian continue de plus belle. Sa bouche abandonne un instant mes lèvres et mon clitoris, et tout en continuant à faire aller et venir ses doigts en moi, il me chuchote et m'encourage.

– Gémis encore, Leah, j'adore ça. Mmm… Laisse-toi aller… Fais-moi confiance, laisse-toi faire, j'aime ça… Et ta peau est si douce…

Sa voix essoufflée trahit les battements de son cœur emballé. Il est doux et autoritaire à la fois. Je hoche la tête et je gémis encore.

Oui, oui, je me laisse faire, c'est tellement...

– Je vais te faire perdre le contrôle, Leah.

Mmm, ça c'est déjà fait, Julian. Je vais jouir, je crois...

Il plonge à nouveau son visage entre mes cuisses, mes doigts s'agrippent à ses cheveux épais et soyeux. Des gémissements s'échappent d'entre mes lèvres tandis que Julian déguste avec application mon sexe trempé comme jamais.

– Mmm... Julian, Julian...

Sa salive se mêle à mon désir, il aspire mon clitoris par intermittence tout en faisant coulisser ses doigts entre mes lèvres, loin, profondément, lentement, puis vite, et encore lentement, et...

Je n'en peux plus, c'est...

Une vague de plaisir me submerge. Je ne peux plus me retenir et je suis en train de connaître mon orgasme le plus violent. Je m'arc-boute, excitée par les doigts de Julian qui me possèdent. Je halète et je crie, c'est comme une marée furieuse qui me chahute irrésistiblement... je tremble, me convulse... Et je jouis comme jamais, sans fin... Je suis incapable de contrôler mes gémissements, lesquels épousent le rythme syncopé d'un mixage de jazz et de musique électro.

Les doigts de Julian sont toujours en moi et je ne parviens pas à maîtriser les convulsions qui me font encore tressauter sur le cuir du canapé. Il me prend alors par le cou pour attirer mon visage vers le sien. Il me domine et j'aime ça. Il passe ses doigts sur mes lèvres, les fait glisser sur ma langue.

Trop bon quand il joue avec ma bouche. C'est terriblement érotique…

Il s'arrête enfin pour embrasser mes tempes. Il s'allonge à côté de moi, me regarde et me caresse en me disant que je suis belle. Il m'embrasse encore avec délicatesse.

– J'aime ta bouche, Leah. Le goût de tes lèvres…

Mmm, trop envie de lui à nouveau…

Il se redresse et mes yeux se retrouvent alors à quelques centimètres de son érection. Je pose une main sur la toile tendue de son pantalon. Je lève les yeux vers lui, le supplie du regard tout en débouclant sa ceinture, puis je fais descendre son pantalon sur ses jambes. Il s'en débarrasse en souriant cheville par cheville. Il est désormais face à moi, pieds nus, chemise en lin ouverte sur la naissance de son torse. Je fais glisser son boxer jusqu'au sol tandis qu'il retire sa chemise. Mon corps tremble, mon pouls s'accélère, je vais défaillir. Je suis assise devant cet homme nu au corps si harmonieux que j'ai envie de gémir. Mes yeux s'attardent sur le pansement qui recouvre son épaule. Je ne peux pas m'empêcher de penser que, d'une certaine façon, je l'ai déjà « marqué ».

– Tu ne souffres pas trop ?
– Si, énormément, princesse. Tu vas d'ailleurs payer pour ça.
– Et quel sera mon châtiment ?
– Tu le sauras bien assez tôt.
– Je n'ai pas le choix… comme tu le dis si bien, je suis ta « captive » !

En attendant mon châtiment, j'admire son torse, les muscles de ses bras, mes yeux descendent vers son ventre dont les abdominaux sont hallucinants. Et puis je me concentre sur son sexe tendu vers moi. Il est magnifique, splendide. C'est presque inconcevable. Mes doigts effleurent ses cuisses musclées, mes lèvres se posent sur son gland gorgé de désir.

– Julian…

Je ne perds pas de temps en longs discours et je le prends dans ma bouche sans prévenir. Il est dur, énorme, je l'aspire naturellement jusqu'au fond de ma gorge et je commence à le sucer. Je fais coulisser son membre si dur le long de ma langue. Son goût est délicieux.

Je veux le rendre dingue, l'avaler longtemps, longtemps, l'astiquer entre mes doigts, sans lui laisser le moindre répit.

– Doucement, halète Julian. Doucement Leah, il n'est pas question que je jouisse dans ta bouche maintenant.

Il recule d'un pas, me soulève en m'attrapant sous les bras, j'ai l'impression d'être une plume tant il me porte avec aisance.

Il me pose debout devant lui et je passe doucement la main à l'endroit de sa blessure.

– C'est l'heure de mon châtiment alors ?

Il sourit, caresse mon visage :

– Attends un instant, petite princesse.

Oui, c'est moi ! J'aime quand tu m'appelles comme ça…

Je le regarde s'éloigner vers un genre de secrétaire dont il ouvre un tiroir. Il a des fesses carrément sublimes.

Dépêche-toi, Julian, dépêche-toi…

Julian revient vers moi avec un étui qu'il ouvre avant de dérouler le préservatif sur son sexe.

Il me saisit enfin par une main pour m'attirer à lui.

– J'ai envie de te sauter, souffle-t-il, de te baiser passionnément.
– Tout ce que tu voudras, Julian.

Il plie brusquement les genoux pour placer son sexe à l'entrée de mon intimité ruisselante, avant de venir en moi d'un seul coup. Quand il passe la frontière de mes lèvres, je suis tellement à fleur de peau que je pousse un long cri. C'est une tempête qui se lève.

– C'est un plaisir de te prendre debout, Leah.

Il m'agrippe par les hanches et me fait aller et venir le long de son sexe si dur que j'ai envie de crier.

Il me soulève par les fesses, puis me relâche doucement pour que je puisse m'empaler sur son membre. On dirait qu'il ne fait aucun effort pour me porter, c'est hallucinant.

Oui, c'est vrai j'adore, j'adore, encore...

Je m'agrippe à ses épaules d'athlète, tandis qu'il me remplit par intermittence en grognant comme un animal sauvage. Je suis de plus en plus excitée car il ne me quitte pas des yeux. Je vais jouir aussi grâce à son regard. Sa verge glisse entre mes lèvres et chaque fois que je redescends vers lui son gland vient cogner tout au fond de moi en m'arrachant des petits cris.

Il accélère alors brusquement la cadence. Ses coups de boutoir sont d'une puissance impressionnante et je suis soudain animée de soubresauts.

La sueur perle sur mon visage, tandis que je « subis » avec délice l'hallucinant rythme qu'il imprime à mes hanches pour me faire aller et venir sur son érection.

– Regarde-moi, souffle-t-il tout en continuant à me prendre debout.

Sa voix rauque de désir fait naître une chaleur au creux de mes reins et je me cambre, lascive, tout en accédant à sa demande.

Je le fixe, je le provoque, je glisse mes doigts dans sa bouche et je gémis sans discontinuer.

– Leah, je n'en peux plus !

Encouragé par mes gémissements incessants, Julian explose et nous jouissons à l'unisson dans un long râle. Les larmes me montent aux yeux tandis que son orgasme à lui me secoue par saccades. Son cri de plaisir est comme un aveu d'abandon. Il est tendu comme un arc et je sens battre sa verge emprisonnée par mon sexe animé de contractions interminables. Il gémit et chuchote à mon oreille.

– C'est… Leah… c'est dingue l'effet que tu me fais…

Et toi tu me combles, Julian, tu me mets dans tous mes états…

Il me garde dans ses bras et me porte jusqu'au canapé où nous nous étendons. Et serrés l'un contre l'autre, nous nous regardons. C'est très tendre. Je me love dans ses bras, respire son parfum, je suis sur un nuage. Il caresse mes cheveux avec délicatesse. Et je fonds littéralement quand sa main enveloppe avec douceur mon sexe tellement mouillé et que sa voix rauque me souffle :

– J’ai encore envie de toi, princesse.

Je passe mes mains dans ses cheveux en souriant.

– Je suis là, Julian.

5
DESTINATION INCONNUE

Le soleil de ce troisième jour de captivité réchauffe mon corps, je me laisse caresser en soupirant par chacun de ses rayons. Et je ne rêve pas, je suis bel et bien nue sur mon lit ! Après la folie douce de nos heures nocturnes, quelque part autour du petit matin, Julian m'a raccompagnée jusqu'à ma chambre de « captive », comme il dit. J'étais trop fatiguée pour lui demander de rester. Et j'ai senti qu'il n'aurait pas voulu. Il avait l'air fermé, distant. J'ai simplement pensé de mon côté qu'il s'agissait d'une parenthèse. Nous avions juste cédé à l'appel du désir, à cette nécessité impérieuse de plonger dans un océan d'érotisme.

Quand je pense que j'avais promis d'éviter ce canapé, mmm, je dois dire que…

Chaque parcelle de mon corps est tellement sensible, c'était vraiment très physique. Incroyable, à en perdre la tête ! C'était comme un manège incontrôlable, c'était…

Carrément torride…

Et je me sens différente. En quelques heures et quelques positions, Julian m'a révélée à moi-même. Je me suis offerte comme je ne me serais jamais crue capable de le faire. J'ai connu quelques petits amis entreprenants, mais avec Julian c'était naturel, évident… c'était surtout waouh… Je suis trop bouleversée.

Nous pourrions vivre des choses tellement folles si nous nous connaissions vraiment !

Justement, ce n'est pas le cas. C'était un moment d'égarement. Il est l'heure de se réveiller…

Un flot de questions me fait frissonner sur le matelas king size où je me sens soudain très seule. Et s'il n'avait fait qu'en profiter ? Pourquoi m'a-t-il ensuite raccompagnée jusqu'à ma chambre avant de s'éclipser dans ses quartiers ?

Au secours, je ne suis pas une call-girl ! Je ne veux pas être un trophée de canapé !

Je me sens mal, partagée entre la peur d'être considérée comme les autres et la honte d'avoir trahi mon désir premier.

Je me lève et je vais m'observer sous toutes les coutures dans le miroir panoramique de la salle de bains : j'ai quelques rougeurs, des petites marques de griffures, et il va falloir que je pense à me recoiffer ! Julian a été un peu autoritaire, mais il a agi avec classe et respect. C'était un réel échange. J'ai honte mais j'ai aimé me soumettre à ses désirs.

J'en ai même tiré un plaisir rare !

Mais quelque chose me manque. Et cette chose, c'est tout simplement la vérité.

La vérité, je VEUX connaître la vérité.

Si je suis désormais plutôt rassurée quant aux intentions de Julian car je sais qu'il ne compte pas me trucider et me faire disparaître en morceaux dans des sacs-poubelle, je ne peux cependant pas me retirer de la tête qu'il est responsable de la mort de mon père. Et je suis là comme une conne, avec mes bleus sur les fesses, je ne sais rien de plus qu'au début et je n'ai pas obtenu ce que je voulais vraiment de Julian. Enfin, c'est plus compliqué que ça : d'une certaine manière j'ai adoré ce que j'ai obtenu, mais c'est le contexte qui me perturbe.

Le sexe est une chose, la vérité en est une autre. Et moi je veux les deux… Ou rien !

Je roule du centre du lit vers la table de chevet où mon portable en charge s'est mis à vibrer, je le débranche et lis mon message :

[Retrouve-moi près de la piscine, c'est l'heure du petit déjeuner. Julian]

Vu l'heure, j'appellerais plutôt ça un brunch, mais bon ! Toujours est-il que, même si ça m'agace, je commence à apprécier de recevoir des messages de Julian. Je peux bien essayer de m'en défendre, mais le fait est que je ne suis pas insensible à cette relation particulière qui s'instaure entre nous.

Mince, je ne vais jamais m'en sortir.

Je serre mon portable en réfléchissant et je finis par écrire :

[Merci, je n'ai pas faim.]

La réponse de Julian ne tarde pas.

[Viens, c'est un ordre !]

Je soupire, déchirée entre mon envie d'obéir et celle de lui dire d'aller se faire foutre.

J'ai l'impression délicate d'évoluer sur un fil, en équilibre précaire entre le cœur et la raison. Et je ne sais pas de quel côté je vais tomber.

Je ne veux surtout pas tomber.

Toujours est-il que la fille « qui n'est pas une girouette » se trouve désormais face à Julian Storm ! Je me retiens de me baffer pour me remettre les idées en place. En plus, il a forcément interprété mon regard quand je l'ai aperçu et que je l'ai trouvé si sexy torse nu avec son maillot de bain noir, les cheveux encore mouillés de son bain matinal et parfaitement coiffés en arrière.

Pitié, je ne veux pas être une Barbie brune !

Non, je ne veux surtout pas gémir chaque fois que je croise Julian Storm qui me donne l'impression d'être dans *Gatsby le Magnifique* Notre face à face silencieux se passe pourtant de commentaires, il en dit long sur le souvenir des dernières heures passées à s'étreindre et à jouir sans fin. J'entends encore sa voix rauque quand il murmurait mon prénom et m'appelait princesse.

Mmm, rien que d'y penser…

Julian m'extirpe alors de mes rêveries.

– Bonjour, Leah !
– Bonjour, Julian !

C'est étrange et déstabilisant de se retrouver face à face après cette nuit si torride. Je ne sais pas vraiment quelle attitude adopter. Et Julian non plus apparemment. Allons-nous évoquer nos moments d'intimité ou faire comme si de rien n'était ? Au final, il m'offre un sourire et opte pour une conversation plus générale :

– Au fait, tu ne t'es pas trop ennuyée hier après-midi pendant mon absence ?

Je hausse les épaules en adoptant mon air le plus innocent. Je ne lui parle pas de l'album, j'évoque simplement mon échange agréable avec Katia. Visiblement troublé par cette confidence, Julian change aussitôt de sujet et aborde l'affaire Winston d'un air grave.

– Je me dois de te prévenir qu'il s'agit d'un individu peu recommandable. Il n'y a pas que ce trafic de portables, Leah, Winston touche également à la drogue. C'est mauvais pour ton amie Mary et je voulais te mettre en garde.

Je hoche la tête. Cette révélation m'inquiète mais je ne suis pas plus surprise que ça.

– John va prendre contact avec ton amie pour lui expliquer la situation. Si tu n'y vois pas d'inconvénient, Leah.
– Aucun, Julian. Je ne veux pas qu'il arrive quoi que ce soit à Mary. Pour tout dire, je ne suis pas fan de ce Winston. Merci d'être là pour ça.

Je suis touchée que Julian prenne cette histoire tant à cœur. J'ajoute juste :

– Je me demande quand même pourquoi tu mets tant d'énergie à régler ce problème si éloigné de ta vie ?
– Parce que ce mec représente un danger pour ton amie, parce que je pense qu'elle compte pour toi. Et parce que… c'est comme ça !

Je suis intriguée par cette réponse évasive de Julian. L'envie me caresse brièvement d'appeler Mary pour prendre des nouvelles en direct et la rassurer sur mon compte, mais je me dis qu'elle doit être assez occupée par son bad boy.

Je verrai ça plus tard, quand tout sera plus clair dans ma tête...

En fait, je ressens de moins en moins le besoin d'une protection à l'extérieur. Je ne m'inquiète plus trop quant aux risques encourus à fréquenter Julian. Et les mots qu'il prononce à l'instant même sur le ton de la plaisanterie confortent cette impression :

– En parlant d'homme dangereux et au cas où je le serais, rien ne t'empêche de prévenir ton amie que tu es ma captive, Leah. Comme ça elle saura où venir récupérer ton corps si d'aventure je décidais de te faire du mal.

Je brandis mon couteau à beurre, l'air de dire « viens, je t'attends » et nous nous sourions. En cet instant, tout semble parfait. Le soleil brille sur l'eau bleue de la piscine et je découvre mon « geôlier » sous un nouveau jour. Il est TOUT sauf égoïste et sans cœur. J'apprécie sa bonne humeur, sa façon de plaisanter. Mes impressions sont renforcées par l'idée grandissante qu'il ne doit pas être si enjoué tous les jours. C'est inexplicable, c'est simplement qu'il a l'air presque gêné d'être bien. Je me souviens également des paroles de Katia à propos de son côté taciturne. Sans calcul, je pose alors ma main sur la sienne. C'est un élan naturel, je n'ai pas de raison particulière, j'avais juste envie d'un contact. Peut-être pour vérifier que nous étions bien ensemble hier soir. En tout cas, Julian ne doit pas avoir l'habitude de ce genre d'attentions car il retire aussitôt sa main. C'est un peu vexant, mais je fais comme si de rien n'était. Le fait est que cette retenue vient malgré tout de briser l'équilibre qui flottait dans l'air matinal.

– J'ai prévu d'autres choses pour nous, annonce Julian sur un ton doux et ferme à la fois. Va t'habiller et rejoins-moi dans le garage où un chauffeur nous attendra. Rendez-vous dans une heure, ne sois pas en retard !

Julian se lève et je sens ma colère refluer à vitesse grand V. J'ai eu un geste tendre et il s'est dérobé comme si je n'existais pas. Comme si hier n'était qu'une simple parenthèse à ses yeux. Tout en se dirigeant vers la villa, il me lance pardessus son épaule :

– J'ai choisi tes vêtements, tu verras. N'oublie pas que tu es toujours ma captive !

De colère, je balance les coussins de nos chaises sur le sol en traitant intérieurement Julian de tous les noms d'oiseaux. Et je hurle à son adresse :

– Espèce de maniaque du contrôle ! Va voir un psy !

Il ne se retourne pas. Je ne suis même pas certaine qu'il m'ait entendue. Je suis furieuse et complètement déstabilisée. Je ne comprends pas pourquoi il s'est esquivé quand j'ai posé ma main sur la sienne. Pourtant je n'ai pas rêvé j'en suis sûre, Julian semblait le désirer autant que moi. Et moi qui ne fais jamais ça d'habitude ! J'ai toujours été réservée dans ce domaine, mais là… j'avais juste envie.

Qu'est-ce qui se passe ? À quoi on joue ?

Quelque chose s'élève en moi, comme un mur, comme une barrière, et je me jure de ne plus céder à mon attirance pour Julian Storm. Je comprends également que m'emporter ne me conduira nulle part. Puisque c'est comme ça, je vais jouer le même jeu que lui. Je vais aller plus loin, le rendre dingue en l'aguichant sans jamais me donner.

À moi de prendre un peu le contrôle, merde à la fin !

Une heure plus tard, vêtue d'une jupe écossaise assez courte pour qu'un souffle de vent dévoile au premier quidam venu la couleur de ma culotte, d'un débardeur beige en coton qui laisse deviner la pointe de mes seins et chaussée de Converse, je me présente à Julian dans le garage. Je n'aurais jamais passé pareille tenue moi-même. J'ai l'impression d'avoir 16 ans. C'est Julian qui a une fois de plus décidé pour moi.

Encore un caprice de Monsieur Contrôle !

Pour ne pas croiser le regard de Julian qui se tient adossé à la portière d'une monstrueuse limousine aux vitres teintées, je regarde autour de moi cette exposition insensée de voitures de luxe.

Les joujoux de Monsieur Storm…

– Tu es très excitante dans cette tenue, murmure-t-il de sa voix rauque. Je ne sais vraiment pas pourquoi les hommes flashent toujours sur les talons aiguilles et les jupes en cuir.

– Ouais, on dirait surtout une collégienne. Tu devrais écouter mon conseil et consulter un psy ! Tu es légèrement pervers, non ?

– Oui, c'est vrai, sourit Julian. À ce propos, approche, je dois te bander les yeux.

J'en ai plus que marre d'être un jouet entre ses mains. Si je ne peux pas me cacher que l'idée d'avoir les yeux bandés m'excite franchement, je suis de plus en plus en colère contre ce type qui ne cesse de me déstabiliser. Je recule et je lâche d'un ton sec :

– Même pas en rêve ! Je ne participe pas à ces rituels, c'est compris ?

– Si tu préfères un premier rôle sur le banc des accusés, libre à toi !

Je balance de toutes mes forces un coup de pied dans une poubelle à ma portée.

Elle se renverse au sol dans un fracas de tous les diables.

Et j'explose :

– J'hallucine ! Tu comptes jouer au maître chanteur jusqu'à la fin des temps ?

Julian relève la poubelle, avant de se tourner vers moi :

– Non, juste quelques jours, Leah ! Le temps que tu comprennes qui je suis. Après tu seras libre… En attendant, approche…

À cet instant précis, mon plus grand rêve serait de le gifler à toute volée. Mais je dois me rendre à l'évidence : cela n'avancera à rien, ne modifiera pas la donne. Je m'approche de lui en enfonçant mes ongles dans mes paumes pour maîtriser mon envie de violence. Et je me laisse bander les yeux, à contrecœur. Je savoure malgré tout son parfum sur le bandeau. Et je réprime des frissons quand je sens le bas-ventre de Julian frôler mes reins.

Moi aussi je vais devoir consulter un psy…

– Où va-t-on ?
– Chut, Leah…
– Merde, c'est quoi cette réponse ?

Julian me pousse brusquement sur la banquette arrière de la limousine et demande à son chauffeur de démarrer. Puis je frémis quand il susurre à mon oreille :

– J'envisage de te vendre comme esclave au plus offrant. Ça te va comme réponse ?

II

DEMAIN EST UN AUTRE JOUR

6
SEPTIÈME CIEL

Je m'appelle Leah Windfield et depuis trois jours il se passe de drôles de choses dans ma vie. Si je m'en sors indemne et que je ne suis pas devenue à moitié folle, il faudrait peut-être que je songe à écrire mon histoire.

Il doit être 14 heures, je me trouve à bord d'une limousine. Je suis vêtue d'une tenue de collégienne, jupe écossaise et débardeur, que Julian Storm, le milliardaire qui a poussé mon père à se laisser mourir et qui a fait de moi sa captive, m'a obligée à porter. Il est à mes côtés, mais je ne peux pas le voir car mes yeux sont bandés. Si je n'avais pas visé cet homme avec un pistolet pour lui faire peur, je n'en serais pas là. Mais j'ai tiré, le coup est parti alors que j'étais persuadée que l'arme n'était pas chargée. Par bonheur, c'était une balle à blanc. Les caméras de surveillance de son bureau ont cependant tout enregistré et Julian en a profité pour me prendre en otage. « Pour apprendre à se découvrir », m'a-t-il précisé !

Qu'est-ce qui lui prend ? Que cherche-t-il ?

Je me sens d'un seul coup fragile et impuissante.

Des multiples enceintes du véhicule s'échappent et se mêlent des voix grandioses : c'est un air d'opéra de Verdi que mes parents écoutaient souvent. J'ai l'impression étrange d'être dans un film. Je me dis aussi que j'aimerais bien pouvoir contacter Mary, pour me confier et lui faire part de mes inquiétudes, mais cela n'est pas vraiment possible dans l'immédiat.

Difficile d'écrire un SMS à l'aveugle.

En attendant, je ne sais absolument pas où Julian m'emmène. Et franchement, ça commence à m'inquiéter. « J'envisage de te vendre comme esclave au plus offrant. Ça te va comme réponse ? » Voilà mot pour mot ce que Julian m'a annoncé, avant de me pousser sur la large banquette de ce salon roulant. Et sincèrement, non, cette réponse ne me va pas le moins du monde !

Je m'efforce de demeurer suffisamment impassible pour ne pas lui laisser deviner mon angoisse grandissante, mais je ne peux pas m'empêcher de me demander sérieusement si Julian Storm plaisantait ou non en évoquant la possibilité de me vendre comme esclave.

Et si c'était vrai, après tout ?

À bien y réfléchir, je ne sais pas grand-chose de lui. Ça fait trois jours qu'il me retient prisonnière. C'est à la fois beaucoup et pas assez pour cerner une personnalité dans toute sa complexité. J'ai adoré la nuit dernière quand nous avons fait l'amour d'une façon incroyable, mais ce fut un moment d'égarement. Nous n'étions pas nous-mêmes. Au bout du compte, on finit toujours par se réveiller… et puis s'effacent les rêves. On ouvre les yeux, on découvre le visage d'un homme qui s'est déjà refermé et alors… bonjour la réalité ! Et si Julian Storm était encore plus redoutable que je ne l'imaginais ?

Je délire peut-être, mais il y a de quoi se poser des questions. Je mesure peut-être un peu tard combien j'ai été folle de me laisser aller au point de coucher avec cet homme. Et j'ai beau me sentir bien comme jamais, la situation n'est pas claire. La belle voix de Julian me fait alors sursauter. Son ton est si délicat que j'en frissonne.

– Est-ce que tu me fais confiance, Leah ?

Je me tourne vers lui, essayant d'imaginer son expression derrière mon bandeau.

– Comment ça ?
– Crois-tu sérieusement que j'envisage de te vendre comme esclave ? Parce que si c'est le cas, je voulais t'assurer que je plaisantais.

Malgré moi, je suis rassurée, il a deviné mon angoisse et je ne peux m'empêcher de lui faire confiance. Mais je suis trop fière et je fais mine de ne pas avoir cru un seul instant à cette menace. J'adopte un sourire provocateur, presque moqueur, genre « je n'ai peur de rien », et je lui réponds sur un ton aussi léger que possible :

– Sans blague ? Tu m'en vois rassurée, monsieur Bluffeur !

Comme il ne répond pas, j'ajoute sur le ton du défi cette fois :

– De toute façon, tu n'aurais pas trouvé un acheteur suffisamment riche.

Les doigts de Julian frôlent alors mon épaule, puis replacent une mèche de cheveux derrière mon oreille.

Seigneur, pas ça !

– C'est surtout qu'à mes yeux, tu n'as pas de prix, Leah, dit-il d'une voix qui me fait chavirer.

Ce geste et ces mots, je l'avoue, m'atteignent en plein cœur. À bien y réfléchir, c'est la première fois que Julian me dévoile ses sentiments profonds. C'est au-delà de la séduction ou d'un quelconque numéro de charme. Ce sont des mots qu'il n'a pas préparés. C'est venu comme un souffle. Et quelque chose me dit qu'il est sincère, je ne saurais expliquer pourquoi, je le ressens c'est tout. Mais je n'ai pas envie de flancher, je dois me reprendre. J'ai décidé de m'en tenir à ma décision matinale, à savoir demeurer intraitable et intouchable. C'est à moi de mener ma barque.

À moi de prendre la main.

– C'est très joli, Julian, mais ça sonne faux.

Son silence face à ma réplique blessante veut tout dire. Et je pense à nouveau qu'il était sans doute vraiment sincère en m'avouant la valeur qu'il m'accorde.

Mais pas question de me laisser avoir.

– En tout cas, désolé pour cette mauvaise blague, Leah, chuchote-t-il avec une désarmante délicatesse. Je me suis permis de te placer ce bandeau par jeu, mais je ne pensais pas t'inquiéter. Et ça m'aurait fait de la peine si tu avais cru un seul instant que j'avais de mauvaises intentions.

La main de Julian vient de se poser sur ma cuisse et je suis incapable de réprimer des frissons.

Merde, qu'est-ce qui ne va pas chez moi ?

Il y a une seconde à peine j'avais peur et maintenant je ressens comme un désir incontrôlable, c'est grave ! Le fait d'avoir les yeux bandés semble décupler tous mes autres sens. Je respire son parfum et le contact de ses doigts sur ma peau me rend toute chose. Je…

Non, non et non, pas question !

Ce n'est qu'un réflexe, oui c'est purement physique. Encouragée par cette pensée salvatrice, je me dégage aussitôt de son emprise en me déplaçant vivement de côté sur la banquette.

– Ne me touche pas, Julian, ne me touche plus. Je ne t'appartiens pas ! C'est compris ?

C'est sorti tout seul, c'était agressif et j'ai l'impression d'être une pile électrique. Je serais capable de le gifler. Contre toute attente, Julian Storm n'insiste pas.

– Apprécies-tu les voyages dans les nuages ? me demande-t-il posément.

Je lui réponds d'une voix peu assurée :

– Quels nuages ?

Sa voix se fait tendre, irrésistible :

– Les nuages dans le ciel, princesse.

C'est comme ça qu'il m'appelait quand nous faisions l'amour ! Attention danger...

Je m'efforce de conserver mon calme, adopte un ton aussi neutre que possible :

– Sois plus clair, s'il te plaît !
– Un avion va bientôt décoller pour une destination inconnue.
– Qu'est-ce que tu racontes ?
– Dans une dizaine de minutes, cette limousine s'immobilisera sur une piste d'aérodrome, m'explique-t-il avec le plus

grand naturel. Et nous embarquerons tous les deux à bord d'un avion.

Mon cœur loupe un battement. Un avion maintenant ! Depuis que j'ai posé les fesses sur le cuir confortable de cette limousine, je suis comme embarquée dans le wagonnet de montagnes russes et c'est de plus en plus oppressant. En fait, je n'ai jamais pris l'avion. Et ça me fait un peu peur, j'ai mes raisons.

– Ça n'a pas l'air de t'emballer, chuchote-t-il à mon oreille.

Je m'écarte encore de lui.

– Ne t'approche pas de moi, c'est compris ? Et si tu veux tout savoir, l'avion ce n'est pas mon truc. Le frère de mon père est mort à la suite d'un crash aérien. J'évite depuis toujours ce moyen de transport.

Julian soupire, demeure un instant silencieux, avant de répondre :

– Désolé pour ton oncle, mais c'est la fatalité. Il aurait pu tout aussi bien mourir en traversant la rue.

Je hausse les épaules.

– Tout va bien se passer, ne crains rien. L'avion est l'un des moyens de transport les plus sûrs.

Oui, je suis au courant, Monsieur Je-sais-tout ! Mais quand même !

Nous demeurons silencieux, nous laissant emporter par les envolées lyriques de Verdi. C'est vraiment beau. J'ai été bercée d'opéras quand je vivais avec mes parents et j'en écoute encore parfois pour me concentrer quand je suis dans mon atelier.

– En tout cas, je suis content de t'offrir un baptême !

Pfff, il commence à m'agacer avec son calme et sa gentillesse. Il a l'air de trouver ça normal que j'aie les yeux bandés. Que je sois soumise à ses moindres désirs.

Merde, merde, et re-merde !

– Tu me prends pour qui, Julian ? Tu crois vraiment que je suis un jouet ?
– Je ne vois pas ce qui peut te faire penser une chose pareille ! Si on doit reparler du bandeau, je constate que tu n'as pas vraiment lutté, Leah. Tes poignets ne sont pourtant pas liés. Alors je me dis que tu aimes peut-être ça… Te prendre au jeu, te laisser diriger.

Pfff ! Je détourne la tête, dirigeant mon profil vers la vitre à travers laquelle je ne peux rien voir. Ne pas lui offrir le loisir d'observer mon visage me rend cependant moins vulnérable. Cela dit, Julian a raison : rien ne m'empêchait d'essayer de retirer mon bandeau. Alors quoi ? Peut-être que ça me plaît, ainsi qu'il le suppose.

– Dis-moi pourquoi tu as l'impression d'être mon jouet ? insiste-t-il sur un ton amusé.

– Achète-toi des lunettes, espèce de sadique !

Là, j'ai franchement envie d'arracher ce bandeau de mes yeux, de me jeter sur ce milliardaire capricieux, de le rouer de coups, de l'insulter, avant d'ouvrir la portière et de sauter en marche pour retrouver enfin ma vie d'avant. Mais Julian Storm me tient avec cette vidéo de ma tentative d'homicide ! Je suis pieds et poings liés. Et ça me rend de plus en plus dingue. Il doit sentir mon agacement car il m'annonce alors d'une voix calme et chaude :

– Je te retirerai bientôt ce bandeau, Leah. De toute façon, tes yeux commencent à me manquer.

Arrête avec ça, tu veux ? J'en ai marre du baratin ! De toutes ces choses trop compliquées…

– Tu sais quoi, Julian ?

– Non, dis-moi. Je crains le pire, mais dis-moi !

– Je pense que tu es un grand malade et ne le prends surtout pas comme un compliment. Ta façon d'agir est tout simplement celle d'un irresponsable.

Je l'entends presque sourire, puis il répond :

– Comme ça, nous sommes deux ! La fille au pistolet et le mec au bandeau. C'est le début d'un roman à succès, j'en suis sûr.

Son calme, son self-control, tout cela me fait perdre mes moyens. Je voudrais être capable de trouver les mots qui font mal, d'avancer les arguments qui déstabilisent mais je sais que d'une façon ou d'une autre, Julian Storm aura toujours le dernier mot. Et puis c'est vraiment très désagréable de s'adresser à quelqu'un les yeux bandés. On a cette impression décourageante que les mots n'atteindront jamais leur cible. On est sans repère avec une voix qui semble sans cesse vous échapper.

La limousine s'immobilise et mon cœur s'emballe. Je ne vois rien, j'ai l'impression de tout ressentir différemment. Le moindre son me perturbe et tous mes sens sont en alerte. Bientôt je vais me retrouver dans un avion et j'appréhende un peu.

Julian saisit ma main pour m'aider à sortir de l'habitacle. Une légère brise caresse mon visage. Il ne fait pas froid mais je tremble et je me demande si je ne suis pas en train de faire de la tachycardie. Je fais quelques pas mal assurés et je me sens vaciller sur le tarmac.

– Suis-moi, Leah. Donne-moi la main, tu veux ?

Je m'exécute et Julian me guide. Je sens son souffle sur mon front, il me retire enfin le bandeau.

– Et voilà, dit-il avec un air presque enfantin.

La lumière du jour me fait cligner des yeux, puis je m'accoutume progressivement. Je découvre une fois de plus que le monde de Julian Storm est décidément très éloigné du mien.

– C'est un Gulfstream G500 ! Je l'ai acheté sur les conseils de John Travolta qui possède le même.

Autour de lui, tout n'est que luxe et confort. Je me sens perdue, décontenancée, là debout, au pied de son gigantesque jet.

Merde alors, tous les gens riches doivent se retrouver régulièrement pour boire des coups avant de faire leur shopping !

Je détaille les formes de l'appareil. Il doit faire près de 30 mètres de long.

– Pas mal, j'avoue !

Julian rit, avant de me couper le souffle :

– Ton pilote s'impatiente, Leah. Allez, monte à bord.
– Tu veux dire que c'est…
– Oui, j'adore voler.

Il a combien de surprises encore dans sa pochette ?

– Tuer, emprisonner, voler, tu sais tout faire ! Qu'est-ce que tu préfères ?

Julian soupire et se contente de répondre :

– C'est toi qui me tues, Leah, tu es incorrigible.

Je hausse les épaules et j'ajoute l'air de rien :

– Au fait pour John, si tu peux m'obtenir un autographe, Mary est dingue de cet acteur.

Il acquiesce et m'invite à emprunter les marches intégrées à la porte d'embarquement.

Je réprime un frisson avant de pénétrer dans le Gulfstream. Derrière moi, Julian verrouille le sas d'accès. Je m'aperçois alors qu'il vient de déposer un petit sac de voyage sur un siège. Il capte mon regard, m'adresse un petit clin d'œil et annonce :

– Ce sont des vêtements pour que tu puisses te changer tout à l'heure avant l'atterrissage. Tu vois, Leah, je ne suis pas si pervers !
– Je te le dirai quand j'aurai vu ce qu'il y a dans ce sac, Julian, pas avant !

Mon ton est un peu cassant, mais ça me fait secrètement plaisir qu'il ait pensé à ça. Je ne me voyais pas débarquer je ne sais où à moitié déshabillée. En tout cas, il était super mignon son clin d'œil. Julian esquisse un sourire et me déclare d'une voix chaude :

– En attendant, mets-toi à l'aise et boucle ta ceinture.

Oh, non, ça veut dire que je vais me retrouver seule à l'arrière.

– Détends-toi, ajoute Julian. Je dois checker avant le décollage.

Tu as intérêt à bien checker parce que moi je suis trop jeune pour mourir.

J'éprouve un étrange sentiment. Je suis à la fois excitée d'être seule dans un avion privé avec Julian Storm et… très mal à l'aise. Il y a de la place pour au moins 20 personnes. Je ne sais pas où m'installer. Je me demande quelle est la zone la moins dangereuse en cas de crash.

Au son des réacteurs, je me force à conserver mon calme. Tout ce vacarme mécanique m'impressionne et me donne le vertige.

Seigneur, je veux descendre, s'il te plaît !

La voix de Julian m'extirpe de mes pensées :

– Leah ?

Mmm, j'aime sa façon de prononcer mon prénom…

– Quoi ?

– Je me disais que tu pourrais peut-être me rejoindre dans le cockpit et jouer le rôle de copilote !

Je suis pétrifiée par cette proposition.

N'importe quoi, c'est complètement fou…

D'abord, je ne suis pas vraiment rassurée et puis je suis résolue à ne plus lui obéir. Mais en même temps, c'est vraiment… tentant !

Je dois y aller, je n'aurai pas tous les jours une telle occasion…

J'hésite encore un instant, avant de me faire la réflexion que je préfère être copilote plutôt que passive et seule dans mon coin. Motivée par cette pensée, je le rejoins enfin.

Calée dans mon siège enveloppant, j'observe Julian procéder aux vérifications d'usage. Il a l'air tellement à l'aise et… heureux !

Mince, c'est impressionnant. Tous ces boutons, toutes ces commandes…

– Comment tu fais pour te souvenir de tout ? Il y a tellement de trucs à bidouiller !

Julian me sourit :

– C'est une question d'habitude. Mais ce n'est pas du « bidouillage », c'est assez précis au contraire. Heureusement !

– Et c'est vraiment normal tout ce bruit ?

– Ce sont les réacteurs, Leah. Ils sont alimentés par deux moteurs Rolls-Royce. Ce qui autorise une vitesse de croisière assez raisonnable.

– C'est-à-dire ?

– Autour de 800 kilomètres à l'heure, mais on peut aller jusqu'à Mach 0,85.

– Et c'est quoi Mach 0,85 ?

– Un peu plus de 900 kilomètres à l'heure !

Je hoche la tête. Ma vitesse maximum jusqu'à présent, j'ai dû l'atteindre dans mon vieux break Volvo et elle devait se situer autour des 140 kilomètres à l'heure. Je vais défaillir, je crois.

Julian passe un casque micro et converse un instant avec la tour de contrôle puis il engage le jet sur la piste où il l'immobilise. Je tourne les yeux vers mon pilote.

– Et maintenant, Julian ?

– On attend l'autorisation de décoller, princesse.

Il m'offre un sourire à tomber et il ajoute sur un ton à la fois enjoué et rassurant :

– Ensuite, le ciel est à nous !

Mon Dieu, il est à la fois tellement doux et maître de lui-même ! Et si… sexy !

Au bout de quelques minutes qui me semblent interminables, une voix nasillarde résonne dans le cockpit. Le sourire de Julian s'agrandit et je comprends que tout est OK pour le décollage.

– C'est parti, tu vas adorer !

Je hoche la tête tandis que le Gulfstream accélère sur la piste. Mon cœur bat à tout rompre, le tarmac défile de plus en plus vite sous les roues du jet. Une question stupide me vient brusquement à l'esprit et je ne peux pas m'empêcher de m'exclamer :

– Tu as pensé à faire le plein d'essence ?

Julian éclate de rire.

– Oui, ne t'inquiète pas ! Il y a suffisamment de kérosène pour faire au moins 10 000 kilomètres. Près de quatre fois plus qu'il n'en faut pour atteindre notre destination.

Notre destination doit donc se situer dans un rayon de 2 500 kilomètres environ… Et alors, tout s'accélère. Une sensation de poussée indescriptible. Et… jouissive ! C'est inexplicable, je viens de passer de l'angoisse au plaisir en quelques secondes à peine.

– *Welcome to the sky !* s'écrie Julian tandis que nous arrivons en bout de piste.

Quand le jet décolle enfin, j'ai l'impression que c'est ma vie qui décolle.

– Oh, merde, c'est…
– Comment, Leah ?
– Non, non, rien ! Vole, Julian…

Il acquiesce en souriant et j'ouvre grand les yeux pour admirer le spectacle. Je ne sais pas ce qui m'attend mais je sais qu'il est trop tard pour faire machine arrière. Je dois simplement profiter de l'instant présent… Et c'est assurément un instant pas comme les autres. Pour le reste, je me rassure en me répétant cette phrase que j'affectionne particulièrement : « Demain est un autre jour… »

Et dans quelques jours, quoi qu'il arrive, d'une manière ou d'une autre je serai libre.

Pour l'instant, je suis dans les nuages. C'est la première fois. C'est mon baptême… Je suis au septième ciel. Avec Julian Storm. Et j'aime ça.

7
VOUS SAVEZ SIFFLER, N'EST-CE PAS ?

– Ça te plaît, Leah ?

Je hoche la tête, incapable de répondre à la question de Julian. Il m'offre un sourire lumineux d'un air entendu.

Oh, si tu savais comme il est beau ton sourire… Et oui, oui, oui, ça me plaît à mort !

Les mots ne veulent pas sortir, l'émotion m'étrangle et 1 001 pensées dansent dans ma tête. J'ai encore tant de mal à y croire, c'est pourtant la réalité. Je suis dans un avion, pour la première fois de ma vie. Je peux voir les nuages à travers la vitre du cockpit et je suis aux côtés du pilote.

Le plus beau pilote du monde…

Je n'ai plus peur, je suis comme une enfant qui découvre

un manège exceptionnel. Oubliées les rancœurs, oublié le désir de vengeance…

Pour l'instant tout du moins…

Je veux en profiter et graver tout cela dans ma mémoire. Je ne pense qu'à perdre mon regard dans cet océan d'altitude, dans ce ciel bleu peuplé de petits cumulus qui évoquent des morceaux de coton que nous traversons comme dans un rêve.

Il se passe quelque chose en moi. Oui, quelque chose est en train de changer dans ma vie. J'observe le beau profil de Julian. Sait-il à quel point son profil est… hallucinant ?

Il se tourne instinctivement vers moi.

– Tu sais, Leah, quand je suis dans les airs, c'est un avant-goût de paradis.

Ça se voit dans tes yeux, Julian, ça s'entend dans ta voix.

Il a l'air si heureux tout d'un coup ! Et moi aussi je le suis… Nous ne cessons d'échanger des regards tendres et chauds à la fois. C'est comme du désir en ébullition qui brasille dans l'espace de la cabine de pilotage.

– Tu devrais quand même surveiller la route, non ?

Julian rit :

– J'adore cette phrase, Leah. Nous sommes à plus de 5 000 mètres d'altitude, en plein ciel, et tu me parles de surveiller la route comme si nous étions en train de rouler sur une autoroute du Texas.

Je lui souris, mais j'insiste :

– Quand même, il pourrait y avoir un autre avion en face ou que sais-je ?
– Nous empruntons des couloirs différents, Leah. Il n'y a aucun risque. De plus, ce petit bijou est équipé du *nec plus ultra* en matière de navigation. Système de vision améliorée, radar, caméra infrarouge projetant l'image de la vue avant sur un collimateur tête haute et j'en passe et des meilleures. Tu es rassurée ?

Je hoche la tête, je n'ai strictement rien compris à son charabia, mais ça a l'air plutôt sérieux. Je respire un peu et me détends. Je suis de plus en plus impressionnée par la maîtrise de Julian dans tous les domaines. Il ne s'emporte jamais, a réponse à tout, fait l'amour comme un dieu. Et en ce moment, sous mes yeux, il pilote son énorme avion comme s'il était sur un vélo et cela aiguise inconsciemment mon envie de lui.

Qu'est-ce qu'il ne sait pas faire ? Quelles sont ses lacunes ?

J'essaie de garder la tête froide, mais ce n'est pas facile. Je suis très partagée. D'un côté, je me tiens à quelques centimètres d'un homme magnifique qui ne cesse de m'étonner. D'un autre côté, je suis sa prisonnière. Ces sentiments différents se carambolent dans mon cerveau troublé. Et une question lancinante revient sans cesse cogner à mon esprit : je me demande en effet ce que Julian Storm attend vraiment de moi, j'aimerais comprendre pourquoi cet homme m'a embarquée dans ce voyage puisqu'il ne compte pas me vendre comme esclave.

– Julian, dis-moi où on va ! Et ce que nous allons y faire !
– Tu verras une fois sur place, petite curieuse. Pour le moment, profite de ton baptême de l'air !

Pourquoi est-il toujours si évasif ?

Je n'ai pas le loisir de me poser plus longtemps la question car Julian passe subrepticement sa main dans mes cheveux. Encore un geste délicat qui me surprend agréablement et auquel je suis loin d'être insensible.

Comment vais-je m'en sortir s'il me fait des choses comme ça ?

Pour être honnête, à cet instant précis, j'aimerais assez qu'il aille plus loin. Oh, je m'en veux vraiment d'être si changeante ! Je me donne pourtant des excuses en me disant qu'il s'agit certainement de l'ivresse de l'altitude.

Et la nuit dernière, c'était l'ivresse du champagne ! Il va falloir se calmer avec l'ivresse…

Je feins l'indifférence pour garder un minimum de contenance. J'efface les images très chaudes qui traversent mon esprit. La séance photo dans le salon, la musique, ce jeu de séduction, le canapé et nos corps mêlés, la sueur sur le front, le long des reins, le dialogue excitant des gémissements, le plaisir à répétition. Un pur truc de dingue, si nouveau dans ma vie…

Mmm, j'ai aimé qu'il me possède. Et je voudrais encore…

Je ferme les yeux, je fais appel à toutes mes forces intérieures afin de parvenir à me concentrer sur autre chose. Le ciel, immense, me fait bizarrement penser à ma future toile en cours de création. Mon atelier me manque. Et l'odeur des produits. Le couteau sur la toile et les couleurs qui se mélangent. Ma vie de tous les jours me manque un peu même si je suis en train de vivre des moments singuliers.

Je me calme encore en me disant que Julian est en train de piloter et qu'il ne peut pas faire deux choses à la fois. J'espère de tout mon cœur qu'il ne va pas se mettre en mode pilotage automatique pour avoir les mains libres et essayer de me faire craquer. J'aurais trop peur. Pas vraiment de lui, plutôt d'une panne de système électronique avec crash à la clé. Et puis j'ai toujours été une fille tenace. Je veux vraiment m'en tenir à ma décision : ne plus céder à ses avances.

Je lisse les rebords de ma jupe écossaise et me rends compte à nouveau que Julian m'a purement et simplement déguisée. Ce qui me donne l'occasion d'essayer de reprendre une contenance. Sur un ton de reproche, je lui demande :

– Tu pourrais me donner la raison de ce choix étrange ?

– De quoi parles-tu ? demande-t-il sans m'adresser le moindre regard.

– Cette tenue ridicule, Julian, ce déguisement d'écolière ! Tu as besoin de ça pour être excité ?

Julian se tourne vers moi et me réplique avec un air presque indigné :

– D'abord, tu n'es pas ridicule dans cette tenue. Ensuite, tu n'as pas besoin d'être habillée comme ça pour m'exciter, crois-moi !

– Alors pourquoi ? Pour jouer ? Pour m'humilier ? Pour me soumettre ?

Julian retrouve son sourire qui tue et se mord la lèvre inférieure :

– Mmm, te soumettre, princesse. Rien que d'y penser, je…

Je l'interromps direct :

– Stop, dis-moi pourquoi. Ne change pas de sujet, j'aimerais comprendre.

Julian soupire et se tourne enfin vers moi :

– Pour le plaisir des yeux, tout simplement… Et peut-être aussi en souvenir de l'université.

Je ne peux pas m'empêcher de rire :

– Tu étais super moche et aucune fille ne voulait de toi, c'est ça ?

Julian rit à son tour, avant de se reprendre pour me répondre :

– Disons plutôt que j'ai passé tant d'heures à étudier pour réussir que j'ai raté des occasions, alors je me rattrape !
– Et tu te rattrapes avec ta prisonnière ? C'est plutôt lâche de la part d'un homme qui se prétend gentleman.

Julian sourit imperceptiblement mais il demeure silencieux. On dirait parfois qu'il possède un crédit limité de réponses et qu'il en gère l'utilisation comme s'il s'agissait d'un compte en banque. Il semble qu'à ses yeux certaines questions peuvent se passer de réponses. Il est du genre à tourner sept fois sa langue dans sa bouche. Je pense encore qu'il a décidé de prendre son temps avec moi. Il se dévoile peu à peu, avec lenteur. C'est un homme qui n'a rien à prouver. S'il ne cesse de m'étonner, il n'a pas besoin de longs discours pour le faire. Et secrètement, même si son côté laconique a tendance à m'exaspérer, j'apprécie assez qu'il n'en fasse pas trop. Bien que je sois un peu frustrée de ne jamais savoir sur quel pied danser, je lui suis secrètement reconnaissante de sa délicatesse. Il a beau m'obliger à vivre une situation peu ordinaire, il ne me manque jamais de respect. Même quand il m'a prise avec fermeté, la nuit dernière, il était concentré sur mon plaisir. Beaucoup d'hommes à sa place auraient profité sans vergogne de la situation. Pas Julian Storm. Il est…

Stop, je dois arrêter avec tout ça. Je ne veux pas d'une love story avec un Storm.

Je suis fatiguée d'osciller sans cesse entre le cœur et la raison. Par bonheur, Julian évoque alors un sujet qui brise quelque peu l'étrange intimité qui nous encercle.

– Il faudra vraiment que ton amie Mary fasse attention, Leah. John a eu l'occasion de s'entretenir avec son fiancé et il a de mauvais pressentiments.

Je hausse les épaules et réplique sèchement :

– Mary est une grande fille, Julian ! Arrête de te mêler de tout, veux-tu ? Elle saura très bien se défendre toute seule.

Julian hoche la tête mais il n'a pas l'air convaincu.

– Je dis juste ça par expérience. Je sais que les gars comme ce Winston sont capables de tout quand il s'agit d'argent.

Je n'y crois pas !

– Désolée, mais là c'est carrément l'hôpital qui se fout de la charité !

Je me rends compte un peu tard que mon ton était très cassant. Julian semble perdu dans la contemplation du ciel et des nuages. Son nez frémit, son front se plisse, il est touché, je l'ai blessé. Si je m'en veux un peu, je me rassure en me disant qu'il ne l'a pas volé.

Il a tout de même un sacré culot de me mettre en garde à propos des petits trafics de Winston, lesquels sont sans commune mesure avec les siens. Je repense à notre galerie familiale récupérée par des financiers pour y implanter une maudite pizzeria. Je repense à mon père qui s'est laissé mourir. Je repense à cette blessure qui me torture chaque jour depuis le drame. Alors franchement, je ne vais pas avoir pitié de l'air triste qu'affiche en ce moment même ce milliardaire qui ne l'est certainement pas devenu en s'embarrassant de scrupules.

Je ferme les yeux, je revois si nettement le sourire de mon père quand tout allait encore bien. Et cette image me déchire le cœur. Je m'en veux terriblement de me retrouver dans cette situation, en proie à cet affrontement psychologique qui ne cesse de me faire changer d'avis.

Quel est mon rôle dans ce jeu dont les règles m'échappent ?

Je suis plus que désorientée. Je voudrais m'endormir et me réveiller chez moi. Dans ma vraie vie. Je rêve d'un petit déjeuner avec Mary à discuter de choses et d'autres. Et puis, je m'habillerais avant de me rendre à l'atelier. Mais je suis là, embarquée dans un jet qui file vers je ne sais où. J'ai fait des folies avec ce type, je suis à bord de son joujou volant à frissonner dès qu'il me frôle ou qu'il me dit des choses touchantes, alors qu'hier encore je désirais me venger de tout le mal qu'il a fait à ma famille.

Pardonne-moi, papa, je n'avais pas le choix. Ce salaud m'a prise à mon propre piège.

– Tu es parfois très dure, souffle-t-il.

Il a prononcé ces mots si faiblement que j'ai failli ne pas les entendre. Sans le regarder, je réponds simplement :

– C'est la vie qui m'a rendue comme ça. Je ne…

Je suis interrompue par des tremblements qui secouent l'avion avec violence.

– C'est quoi, ça ?!

Le souvenir de mon oncle décédé dans un crash aérien me revient en pleine face.

Ça n'arrive pas qu'aux autres ! Putain, j'en étais sûre. Non, non, pas ça !

La carlingue malmenée du Gulfstream semble prise au piège d'un monstre aérien décidé à nous pulvériser. C'est une sensation atroce. D'autant plus que Julian demeure silencieux et concentré. Une seule chose me sauve de la crise de nerfs, c'est qu'il n'a pas l'air plus étonné que cela. Il fait même preuve d'un calme olympien.

Mon estomac quant à lui fait du yoyo dans mon ventre. Et, sans réfléchir, j'agrippe la cuisse du pilote d'une main ferme.

Qu'est-ce qui se passe, pourquoi ça ne s'arrête pas ?

La voix posée de Julian répond miraculeusement à mes interrogations.

– Je vais stabiliser l'appareil, tout va bien. Cela dit, tu n'es pas obligée de faire tes griffes sur ma cuisse !

Ces quelques mots me font un bien immense. Grâce à son self-control et à son humour, je décompresse un peu.

– Nous traversons une petite zone de turbulences, Leah. Ça va bientôt s'arrêter.
– C'est… c'est quand bientôt ?

Julian vérifie des données sur un écran.

– Trente secondes, tout au plus !

Les trente secondes les plus longues de ma courte vie…

Je revois mon enfance, les vacances avec mes parents, les premiers baisers en cachette avec mon amoureux en colonie de vacances, mes années d'université… et je revis la sensation merveilleuse de ma première toile achevée. Et si c'était fini, ma vie ?

Non ! C'est impossible que tout finisse maintenant…

Je manque de pousser un hurlement de joie quand le jet se stabilise enfin. Julian m'adresse un bref sourire :

– Tu vois, Leah.

Je hoche la tête en souriant à mon tour et je retire ma main de sa cuisse. J'ai un peu honte d'avoir cédé à cette impulsion. Mais j'étais si inquiète. Ce n'était qu'un réflexe.

– Désolée pour ta cuisse. C'est juste que…
– Chut, m'interrompt-il. Ce n'était pas du tout désagréable. Je te propose d'aller te détendre à l'arrière. Je t'ai choisi un film, tu n'as plus qu'à t'asseoir, te servir une boisson fraîche et appuyer sur la télécommande.

Je hausse les sourcils.

– Le trajet va durer encore longtemps ?
– Le temps d'un film, Leah ! chuchote-t-il. Tu n'aimes pas le cinéma ?

Si ! Bonne idée après tout, ces émotions m'ont vidée.

Je hoche la tête et rejoins la cabine qui fait la taille de l'appartement que je partage avec Mary. C'est dingue ! Pourquoi a-t-il choisi un si gros avion ? Il faudra que je pense à le lui demander.

Plus tard ! Pour l'instant, je me pose.

Confortablement installée dans un fauteuil couchette, j'esquisse vaguement l'idée de me changer, mais je n'ai pas le courage de passer à la pratique. Je m'en occuperai plus tard. J'enclenche le lecteur de DVD. Je bâille en regardant le lion rugissant de la Metro-Goldwyn-Mayer. Et sur l'écran large apparaissent les premières images du film.

Je suis littéralement saisie par l'émotion.

Comment a-t-il su ? Quelques hommes ont essayé de me faire craquer avec Love Actually, mais jamais avec… Le Port de l'angoisse !

Je n'en reviens pas, je suis juste scotchée. Ce chef-d'œuvre fait partie de mon top 5 ! Combien de fois me suis-je imaginée répliquant à l'homme de ma vie cette fameuse phrase prononcée par la sublime Lauren Bacall à l'intention de l'inoubliable Humphrey Bogart : « Vous n'êtes pas obligé de dire quelque chose… Ou peut-être simplement siffler. Vous savez siffler, n'est-ce pas ? »

Malheureusement, l'occasion de faire ma Lauren ne s'est encore jamais présentée. Il faudrait tant de conditions réunies pour que cette fameuse réplique ne tombe pas comme un cheveu sur la soupe. Il faudrait un timing bien précis et bien souvent cela n'arrive qu'au cinéma. Dans les grands films d'amour. La vraie vie tourne bien plus souvent au drame psychologique, j'en sais quelque chose. En tout cas, c'est quand même génial de revoir *Le Port de l'angoisse* à plus de 5 000 mètres dans le ciel. Je souris en glissant un peu plus sur la banquette, émerveillée par les images de mon film chéri.

Je ne crois pas aux signes, mais c'est quand même assez troublant.

Ce Julian Storm ne cesse de me surprendre.

Et si j'arrêtais d'y penser ? Si je me contentais de profiter du spectacle ?

Je m'étire sur mon siège en soupirant d'aise. Je suis dans un jet de milliardaire, mes bras nus étendus sur les accoudoirs. Je revois pour la énième fois le film qui m'a donné envie d'être amoureuse un jour. Et je frissonne légèrement chaque fois que je me penche sur le côté et que mes yeux se posent sur la nuque de mon pilote. Je me laisse aller, je me sens lourde. Un poids pèse peu à peu sur mes paupières. La voix inimitable de Lauren Bacall me berce irrésistiblement…

8
BIENVENUE À MEXICO !

Je soulève les paupières au son de la voix rauque et enveloppante de Julian diffusée par les haut-parleurs de la cabine.

Mmm, il y a pire comme réveil.

– Ladies and gentlemen, nous venons d'atterrir sans encombre à l'aéroport Benito Juárez de Mexico. Votre commandant de bord espère de tout cœur que vous avez effectué un agréable vol. Il est 20 heures, heure locale, la température est de 24,5 °C. Le vol retour s'effectuera demain, au petit matin. Je vous souhaite un merveilleux séjour dans cette ville incroyable.

Mexico, c'est fou, on est à Mexico !

Je me souviens de m'être endormie au milieu du film. La tension sans doute. Je me suis laissée aller. J'étais bien. La voix de Lauren Bacall me berçait, c'était trop bon. Et je dormais si profondément que je ne me suis même pas rendu compte que nous atterrissions. Pas mal pour un premier vol !

Chapeau pour cet atterrissage en douceur, commandant Storm !

Je m'étire et Julian me rejoint.

– Alors, ce film ?
– Pas mal !
– Pas mal ? fait-il mine de s'étonner tout en souriant.

Je hoche la tête et je change de sujet sans prêter plus d'attention à sa mimique de satisfaction. Il commence à me connaître, mais pas question de lui avouer à quel point il m'a troublée et enchantée en choisissant mon film préféré.

– Bon ! Qu'est-ce qu'on fiche à Mexico, Julian ?

Il se passe la main dans les cheveux en me répondant.

– J'aime cette ville pour plusieurs raisons. Je vais d'abord te présenter quelqu'un de très important… et puis je t'ai préparé une petite surprise.

C'est une manie de vouloir toujours me faire des surprises ?

En tout cas, quand on prétend que de nos jours les hommes

ne font plus d'efforts pour étonner les femmes, je pourrais signer sur-le-champ un document officiel garantissant qu'il existe des exceptions.

Je quitte mon siège et ouvre le petit sac de voyage que Julian a laissé à mon intention. J'y découvre des dessous ainsi qu'une jupe, un chemisier en soie, un short en toile noire et un débardeur en coton de la même couleur. Il y a même une paire de sandales à fines lanières. J'interroge Julian du regard pour savoir quelle tenue m'est destinée aujourd'hui.

– Compte tenu des heures que nous allons passer à Mexico, propose-t-il, j'avais pensé à une tenue sport et confortable.

Je hoche la tête, me saisis du short et du débardeur, puis je m'éclipse dans les toilettes. Je fais un brin de toilette, me change et rejoins Julian qui me contemple avec un sourire éclatant. J'ai rechaussé les Converse, plus adaptées à mon look du moment.

– Alors, dis-je, quel est le verdict ?
– Tu es belle dans cette tenue décontractée. De toute façon, Leah, tout te va !

Merci du compliment, monsieur Storm.

J'esquisse une révérence et Julian rit avant d'ouvrir le sas de sortie du Gulfstream. J'ai à peine posé le pied sur la première marche du petit escalier qu'une sensation de chaleur me caresse. L'air est sec et assez pollué. Au pied du jet, une limousine qui doit mesurer pas loin de sept mètres de long nous attend sur le tarmac.

À ce train, je vais finir par contracter des goûts de luxe !

Julian descend aussitôt à la rencontre d'une splendide créature. Une grande brune aux cheveux soyeux qui lui descendent jusqu'aux reins. Son regard est de braise. Elle a la trentaine et elle est magnifique !

Ils se serrent un instant l'un contre l'autre. Et je ressens aussitôt un pincement de jalousie à les voir si proches. Ça me fait mal de l'avouer mais ce serait vraiment malhonnête d'oser prétendre qu'ils ne forment pas un couple à couper le souffle.

Si Julian m'a forcée à faire près 3 000 kilomètres en avion pour me prouver qu'il connaît de jolies femmes, ce n'était pas la peine de se donner tant de mal et de dépenser tous ces litres de kérosène. Pourquoi se montrer si dispendieux pour m'informer de ce que j'ai déjà pu vérifier en naviguant sur Google ? On y trouve des centaines de photos de bombes atomiques pendues au cou puissant de Julian Storm.

Julian me fait un signe et je les rejoins.

– Leah, j'ai l'honneur de te présenter Jennifer Marquez. Jennifer, j'ai le plaisir de te présenter Leah Windfield.

Je serre la main de la belle Mexicaine tout en songeant que j'apprécie le choix des termes employés par Julian. Comment ne pas aimer secrètement le fait d'être associée au mot plaisir ?

La voix chaleureuse et mélodieuse de Jennifer caresse mes tympans. Nous nous jaugeons, ses yeux sont immenses et je me dis que bien des hommes ont dû s'y perdre.

– Le temps d'aller récupérer un document à la tour de contrôle et je suis à vous. Installez-vous dans la limousine et servez-vous à boire. Il y a tout ce qu'il faut dans le frigo.

Je la regarde s'éloigner vers un bâtiment haut perché. Elle est juste ravissante. Même sa façon de marcher est un régal pour l'œil ! Je me mords la lèvre inférieure. Je me tourne vers Julian et l'observe avec un air provocant :

– Une conquête parmi tant d'autres ?

Il sourit avant de lâcher d'un ton assez sec, à la limite de l'agacement :

– Crois-le ou non mais Jennifer est une amie d'enfance. Je sais bien que certains ne croient pas l'amitié possible entre un homme et une femme, mais j'emmerde un peu ces gens-là.

Waouh, c'est rare quand Julian Storm laisse échapper un mot moins poli qu'un autre !

Et ça le rend très humain. J'aime quand les mots sortent telles des sensations immédiates.

Il poursuit :

– Je ne saute pas sur tout ce qui porte une jupe. Et j'ai trop de respect pour les belles relations. Alors oui, nous sommes d'accord ! Jennifer est magnifique. Mais non, je n'ai pas joué au démineur avec elle.

Je hoche la tête, je ne sais pas quoi répondre. Il n'y a rien à dire en fait. C'était une réponse à la fois calme et ferme et j'ai envie de le croire. Et je suis secrètement flattée qu'il ait éprouvé le besoin de se justifier sur ce point. Comme si…

Je me calme, d'accord !

Tout au long du trajet qui nous conduit vers Santa Fe, le quartier des affaires où se trouvent les bureaux de Jennifer Marquez, Julian prend le temps de m'expliquer le rôle important que tient son amie dans l'Accord de libre-échange nord-américain et dans la prévention des tremblements de terre et autres catastrophes naturelles telles que les tornades, courantes dans la région. Tout en l'écoutant je me demande si Jennifer sait qui je suis. Croit-elle que je suis une journaliste pour qu'il m'explique tout de façon si détaillée ? Je serais assez curieuse de découvrir ce que Julian a pu lui raconter à mon propos.

– Il y a eu deux gros séismes au Mexique, Leah. Le premier en septembre 1985 et le deuxième en mars 2012. Avec Jennifer nous avons lancé différentes opérations pour tenter de se préparer au mieux à ce genre de situations dramatiques.

C'est bien joli tout ça, mais je me demande toujours pour quelle raison précise Julian me présente cette femme. Si c'est pour me raconter ce qu'il fait avec elle, nous aurions pu tout aussi bien rester à Los Angeles et discuter sur Skype. Je pressens cependant au fil des explications de Julian que cette femme est une personne très importante dans la vie du jeune milliardaire et qu'il lui apparaissait essentiel de me la présenter dans le contexte.

Les sourires de Jennifer me mettent en confiance. Elle est chaleureuse, bienveillante. Nous écoutons Julian qui n'a jamais autant parlé devant moi. Et j'apprends de quelle manière ils s'impliquent tous deux dans l'amélioration des conditions de vie au Mexique. De temps à autre, Jennifer se joint à Julian pour m'exposer des faits que j'ignorais totalement.

– Julian n'exagère pas, Leah. En raison d'une démographie galopante, la mégapole mexicaine est l'une des plus peuplées au monde. Associée à une excessive concentration industrielle, cette surpopulation occasionne un certain nombre de problèmes urbains.

– La misère et la pollution en font partie intégrante, précise Julian, l'air grave.

– Bref, la route est encore longue, avoue Jennifer. Je travaille jour et nuit sur ces dossiers. Et Julian m'aide beaucoup depuis plus de trois ans maintenant.

Ils se sourient tendrement. Je peux sentir qu'une belle histoire les unit, une aventure humaine qui me dévoile un Julian inattendu, apparemment soucieux des problèmes d'autrui. Ce qu'il m'a d'ailleurs déjà prouvé à sa manière en s'occupant du petit ami de Mary. Et de Katia aussi.

– Un jour, explique Julian, j'ai reçu un appel de Jennifer. Nous nous connaissons depuis l'enfance car j'ai longtemps vécu au Mexique avant de m'installer à Los Angeles pour mener mes affaires. Un jour, Jennifer m'a donc téléphoné pour me proposer de m'impliquer dans ses actions.

– Et il n'a pas hésité un seul instant, Leah. Je me cognais contre un mur d'incompréhension depuis des mois. Julian m'a permis de le casser.

Ils se sourient à nouveau. S'ils n'étaient pas que des « amis », j'aurais de quoi nourrir ma jalousie pendant plusieurs saisons.

La limousine s'immobilise enfin au pied d'un immense immeuble de verre et d'acier.

– Sur ces belles paroles, je dois m'absenter une petite heure, je vous laisse toutes les deux, j'ai quelque chose à organiser. Merci de prendre soin de Leah, Jennifer.

– C'est promis, beau gosse !

Julian adresse un clin d'œil à Jennifer et se mord subrepticement la lèvre inférieure en croisant mon regard, avant de disparaître. Et je me retrouve seule avec la belle Mexicaine.

Nous rejoignons son bureau qui se situe au dernier étage de la tour. Elle se dirige vers un bar et me propose quelque chose à boire. Je ne sais pas quoi répondre, je ne sais pas où j'en suis et je ne sais pas quoi boire. Me sentant un peu perdue, Jennifer me propose un Martini Dry.

Je hoche la tête.

Va pour un Martini !

Au fil de la conversation qui s'ensuit, j'apprends que depuis leurs retrouvailles Julian s'est juré de faire en sorte que le Mexique soit mieux préparé à d'éventuels futurs séismes et mieux équipé face aux ravages des fréquentes tempêtes.

– Il œuvre toute l'année pour récolter les fonds nécessaires à la réalisation de cette mission. D'où les ventes régulières d'objets d'art aux quatre coins du monde.

– Vous voulez dire qu'il reverse une partie des bénéfices pour mener à bien vos opérations ?

Jennifer boit une gorgée de Martini Dry, avant de m'offrir un sourire renversant :

– Mieux que ça, Leah ! Julian reverse l'intégralité des bénéfices à la fondation que nous avons créée voici trois ans.

Je n'en reviens pas. Jennifer doit me parler de quelqu'un d'autre. L'homme qu'elle évoque ne peut pas être Julian.

Ça se saurait quand même !

Et pourtant, plus nous parlons plus je comprends qu'il existe fort probablement un Julian dont je ne soupçonnais pas l'existence. Ce qui me fascine, c'est que tout cela n'est mentionné absolument nulle part. Bref, il n'en tire apparemment pas la moindre gloire.

Jennifer évoque le programme de recherche auquel ils participent et qui devrait permettre de prévenir le déclenchement d'un séisme avec plusieurs minutes d'avance par le biais des téléphones portables. Et moi, je me laisse emporter par ce récit de la vie secrète de Julian Storm. J'apprends qu'il s'est investi dans l'évolution de cette application révolutionnaire et qu'il injecte des sommes considérables – dont les fameux bénéfices des ventes d'œuvres d'art qu'il organise régulièrement – tant pour le programme mené par Jennifer que pour la reconstruction aux normes de certains bâtiments. Et notamment les écoles dans les bidonvilles.

Je suis subjuguée et ne comprends pas pourquoi Julian ne m'a rien dit. D'un autre côté, je suis tellement braquée qu'il a dû penser que des faits seraient plus parlants que de belles paroles. Et les faits sont là. Je peux les voir briller dans le regard de Jennifer. Et je peux deviner dans ses attitudes, ses sourires et ses paroles que la Mexicaine voue un immense respect à Julian.

Je ne peux pas m'empêcher de montrer mon étonnement :

– Il ne m'a jamais parlé de tout cela, pas une seule fois !

– Je ne sais pas depuis combien de temps vous vous connaissez, Leah, mais de toute façon Julian est un homme secret. Il n'est pas du genre à se justifier. C'est juste quelqu'un de bien qui privilégie les actions aux beaux discours. De plus, il déteste se mettre en avant. Il fait tout cela parce qu'il y croit. Pour m'aider et pour le salut du Mexique.

– Et moi qui pense depuis toujours qu'il n'est qu'un salaud sans cœur, un…

Jennifer m'interrompt aussitôt avec fermeté, comme blessée par mes paroles.

– Je vous arrête tout de suite, Leah. Avec Julian, c'est à la vie à la mort. De la même façon que je peux compter sur son appui, je serai toujours là pour lui. Personne ne pourra jamais se permettre de dire du mal de Julian en ma présence !

Elle marque une pause pour nous resservir. Puis elle reprend :

– Je ne sais pas qui vous êtes exactement par rapport à Julian, je me doute simplement que vous comptez parce que c'est la première fois qu'il me présente une femme. Quoi qu'il en soit, Leah, sachez que si tous les « salauds » étaient comme lui, le monde irait beaucoup mieux.

Je hoche la tête. Je ne sais plus quoi dire. J'ai peur d'avancer des idées déplacées. Et puis je suis troublée qu'elle ait imaginé que je puisse compter pour Julian.

Jennifer me sourit.

– Prenez peut-être le temps de le découvrir. Vous le jugerez ensuite, d'accord ?

Je lui souris timidement. Je suis un peu confuse. J'ai parfaitement conscience d'y être allée un peu fort dans mes propos. En outre, ça fait moins d'une heure que Julian s'est absenté… et il me manque déjà !

Je l'ai dans la peau. Je dois me faire soigner. Quelque chose déconne chez moi…

Jennifer a peut-être raison sur de nombreux points. Mais elle ne connaît pas ma vie. Elle ne sait pas pour mon père. Alors oui, je compte bien continuer à découvrir Julian Storm.

Je ne lâche pas l'affaire, papa. Je fais de mon mieux pour garder la tête froide… Mais c'est dur, je te jure, c'est dur. J'ai tellement de doutes sur tout…

9
LE SOLEIL ET LA LUNE

Julian vient d'arriver dans le bureau de Jennifer Marquez.

Il nous a quittées depuis soixante-trois minutes et trente secondes exactement – oui, c'est nouveau, c'est même grave, je mesure le temps sans lui ! – et j'ai l'impression de ne pas l'avoir vu depuis quinze jours.

Son sourire fait plaisir à voir. Il a l'air heureux. Je me fais la réflexion qu'il est plus vivant et détendu qu'à Los Angeles. On dirait que le fait de se retrouver au Mexique le rend vraiment lui-même. Son regard est animé d'une flamme nouvelle.

Il regarde nos verres et s'exclame :

– Je vois qu'on ne s'ennuie pas dans ce bureau !
– J'ai fait découvrir à Leah ma boisson préférée. On a bu

quelques litres de Martini et on a commencé à dire des choses horribles sur toi. Tu es habillé pour l'hiver, mon cher.

Je repense au moment où j'ai traité Julian de salaud devant Jennifer. Je suis un peu gênée, mais le regard qu'elle m'offre prouve qu'elle ne m'en veut pas.

Julian sourit et il passe une main dans ses cheveux tout en nous regardant.

Il est vraiment canon.

– Jennifer, j'espère que tu ne m'en voudras pas, mais il se fait tard et j'ai réservé une petite surprise à Leah. Je vais devoir l'enlever.

Ce mec est infatigable ou quoi ?

Jennifer se penche vers moi et chuchote :

– Allez-y ! Franchement je ne l'ai jamais vu comme ça. Je ne sais pas du tout ce que vous lui avez fait, ni ce que vous lui reprochez, mais c'est la première fois que je le découvre si naturel et épanoui en présence d'une femme.

Mon cœur bat plus vite. En réponse à son allusion sur le bonheur inhabituel de Julian, j'adresse un sourire doux et timide à la belle Mexicaine.

– Merci pour votre accueil, Jennifer, merci pour… tout.

Elle m'embrasse sur la joue et me pousse enfin vers Julian.

– J'étais heureuse de te voir, beau gosse, lui lance-t-elle, même si c'était court.

Julian adresse un clin d'œil à Jennifer.

– Je reviens bientôt, ma belle. Le combat continue !

J'aime sincèrement leur façon de se dire qu'ils s'aiment, avec des mots simples. Leur fusion sans effusion. Ce sont deux belles personnes unies par le même désir, celui de faire le bien. Et ça me fait… du bien !

Je rejoins Julian qui m'attend sur le seuil du bureau. Son regard me bouleverse, j'ai envie de me blottir contre lui, de sentir son parfum et ses mains sur mon corps. Je m'applique à ne rien laisser transparaître mais, au fond de moi, je suis impatiente de découvrir sa surprise. Des idées étranges me passent par la tête avec un naturel qui me sidère. D'une part, je commence à m'habituer à être sa prisonnière. D'autre part, je m'aperçois que je me suis peut-être trompée sur Julian. Pour être honnête, j'éprouve le sentiment grandissant qu'il n'a rien fait de mal.

Mais j'aimerais comprendre quand même, découvrir la vérité.

Comment une personne qui se soucie du bien-être d'autrui et de tout un pays aurait-elle pu exproprier un galeriste et le conduire à mourir de désespoir ?

Un 4 x 4 Land Rover nous attend dehors et nous nous installons à l'arrière. Notre chauffeur m'adresse un sourire entendu qui se passe de commentaires. Il a l'air de me trouver à son goût, ce que ne manque pas de remarquer Julian.

– Concentrez-vous sur la route, Francesco, lui demande-t-il gentiment.

Mmm, j'adore quand il est un peu jaloux…

C'est le soir mais la circulation dans les rues bondées de Mexico est encore difficile. La clim n'a pas l'air de fonctionner et je peux sentir un filet de sueur glisser entre mes reins.

– Où m'emmènes-tu cette fois ?
– Chut…

D'accord, ça va j'ai compris…

Il est 23 heures et je me demande comment Julian tient le coup. Je ne sais pas s'il a dormi un peu avant le décollage de Los Angeles, mais le fait est qu'il assure. C'est sans doute encore un pouvoir de milliardaire ! Après quarante-cinq minutes de trajet dans les rues de Mexico, le Land Rover s'engage sur une piste cahoteuse menant à une sorte de zone à mi-chemin entre un champ et un terrain vague. Et soudain, quand notre véhicule s'arrête enfin dans le soleil couchant, j'éprouve une sensation de pure folie.

Je n'en crois pas mes yeux. Sur ce terrain au milieu de

nulle part, un petit groupe s'occupe de préparer un immense aéronef.

– Tu as déjà voyagé en montgolfière, Leah ?

Oui, bien sûr, j'en fais tous les jours un petit quart d'heure avant d'aller travailler à l'atelier…

Je hausse les épaules, avant d'émettre un long soupir où pointe une légère angoisse :

– Je t'ai déjà expliqué que j'ai peur en avion, Julian. Alors une montgolfière !

Julian pose une main sur mon épaule et me regarde dans les yeux :

– Tu as eu peur pendant notre vol dans le Gulfstream ?

Je réfléchis rapidement, incapable de détacher mon regard du sien.

– À part le moment où il y a eu des turbulences un peu violentes, non !

Julian sourit, l'air victorieux, puis il caresse ma joue d'un geste doux :

– Alors fais-moi confiance, tu vas adorer cette nouvelle expérience.

Je hoche la tête, mais je n'en mène pas large. Je vais décoller pour la seconde fois de ma vie. Cette fois-ci, en pleine nuit, à bord d'une nacelle qui ne m'inspire aucune confiance. Et mon cœur joue des percussions.

Incroyable, cette manie de toujours vouloir m'emmener dans les airs… Mais quand même, ses yeux dans les miens, sa main sur ma joue, j'avoue, j'aime…

Les hommes qui s'occupent de préparer la nacelle nous font alors signe de venir et nous les rejoignons. L'heure du vol de nuit en montgolfière a sonné.

Au secours, j'ai peur.

Après un bref à-coup, la nacelle quitte lentement la terre ferme. Et moi, je vogue alors entre l'inquiétude et l'émerveillement. Plus nous montons dans le ciel, plus je me dis que j'ai tant de choses à découvrir dans la vie. En quelques heures, j'ai effectué un vol Los Angeles-Mexico en jet privé piloté par un milliardaire beau comme un dieu. Puis j'ai appris que ce type ne vivait pas que pour lui et ne serait pas le salaud que j'imagine. Et maintenant, je suis à ses côtés, à bord d'une nacelle évoluant dans le ciel nocturne pour une nouvelle destination inconnue. Je reste peut-être sa prisonnière mais nul doute que de nombreuses femmes seraient heureuses et excitées de se retrouver à ma place.

Je me penche un peu avec une sensation de vertige. Et j'admire les lumières de la ville qui brillent à la manière de petits lampions. C'est impressionnant, ça flanque le vertige mais c'est un immense cadeau qu'il me fait. Nous continuons à monter et je commence à me poser des questions plus techniques.

– Tu es sûr que tu sais diriger ce genre d'appareil ?

Julian rit, je sens son souffle tout près de ma nuque.

– On ne dirige pas une montgolfière. On peut la faire s'élever ou redescendre, mais elle va là où les courants de l'air la portent. Elle est libre, Leah, il faut se laisser emporter.

Une vague de panique me prend, des questions cruciales m'assaillent.

Elle au moins est libre !

Où allons-nous atterrir alors ? Et si on se perdait en plein *no man's land* ? Je recommence à parler pour éviter de m'engluer dans de sinistres suppositions.

– On est à quelle altitude exactement ?
– Pas loin de 3 000 mètres !

Merde, là je n'aurais jamais dû poser une question pareille.

Je me recule un peu et je regarde autour de moi. Le spectacle est tout de même magnifique. Et la silhouette de Julian qui se découpe dans l'obscurité l'est tout autant. À la lueur des brûleurs qui envoient soudain de l'air chaud dans la poche du ballon, j'intercepte le sourire radieux de mon milliardaire.

Il est chez lui quand il est ailleurs...

Cette pensée sibylline vient de me caresser avec une drôle d'évidence. Il a l'air en effet si heureux, si différent, plus léger.

– C'est magnifique, Julian ! Merci.

Je ne reconnais pas ma voix, étranglée, troublée, émue.

– Tu n'as encore rien vu, Leah, souffle-t-il.

Je soupire tout en balayant une mèche de cheveux qui me tombe devant les yeux. C'est plus un soupir d'amusement que d'agacement. Même si c'est franchement déroutant qu'il ait toujours quelque chose en plus à m'offrir, je suis très impatiente de savoir de quoi Julian parle.

– Qu'est-ce qu'il va se passer encore ?

Tandis que la nacelle glisse sous un plafond d'étoiles, fidèle à son habitude quand je le questionne un peu trop précisément, Julian pose un index sur ses belles lèvres.

Mmm, super envie de les mordre...

– Ça va commencer, petite curieuse, chuchote-t-il.

De son bras tendu, Julian me désigne une zone où brillent plusieurs lumières. J'écarquille les yeux et je commence à découvrir le décor de toute beauté qui s'offre à mon regard.

– Incroyable ! C'est totalement… irréel !

Ces mots sont sortis tout seuls. Il faut dire que c'est absolument grandiose. Je regarde Julian, l'interrogeant silencieusement.

– Nous survolons le site archéologique de Teotihuacan, m'explique-t-il. Ça te plaît ?

Comment cela pourrait-il ne pas me plaire ?

Je suis bouleversée. J'ai l'impression d'avoir remonté le temps. Je retrouve au fil des secondes les sensations de la petite enfance, j'entends la voix de mon père me raconter avec passion les pyramides d'Égypte. Et Julian semble aussi passionné quand il parle de ces merveilles de l'Amérique précolombienne. Sa voix est mélodieuse, je l'écoute avec émerveillement comme lorsque j'étais une petite fille déjà fascinée par le récit des civilisations d'antan.

– Je suis heureux d'être ici avec toi, Leah.

Il a chuchoté ces mots à mon oreille et je me promets de ne jamais les oublier. Son bras entoure soudain mes épaules et je me rends compte que j'attendais inconsciemment ce geste de sa part. Cette fois, je ne me dérobe pas. Je n'en ai pas le courage. Pire encore, j'aime en secret ce bras qui m'encercle. Je ressens tant de puissance et de chaleur à son contact. C'est inexplicable. Et tant mieux finalement. Je me laisse simplement faire et j'écoute sa voix qui détaille à grand renfort d'anecdotes la belle histoire des pyramides mexicaines. Je me délecte de sa voix rauque et envoûtante. Je le regarde à la dérobée. Sous la lueur de la pleine lune, ses beaux yeux brillent.

Il est craquant…

– Voici donc les pyramides du soleil et de la lune.

Julian commence à faire descendre la montgolfière, nous nous rapprochons peu à peu du sol et les éclairages se précisent. Je constate alors qu'il s'agit de photophores garnis de bougies. Il doit y en avoir des milliers. C'est hallucinant.

– Dis-moi, Julian, c'est toujours éclairé ainsi la nuit ?

Je devine son sourire dans mon dos. Je sais dans le même temps qu'il a tout organisé pour moi !

– J'avoue que j'en rêvais depuis longtemps, Leah. Découvrir ces lieux en pleine nuit. J'ai pensé qu'avec toi ce serait bien. J'ai donc appelé un de mes amis à Mexico en lui parlant de mon rêve. Et voilà !

Ce mec est dingue. Un fou furieux, le mot est faible. Ça a

dû lui coûter une fortune de faire préparer cette mise en scène.

Je sais, il est milliardaire, mais quand même…

L'idée est si merveilleuse, romantique. Et il a fait ça… pour moi ! J'ai presque envie de m'évanouir. La nacelle se pose en douceur entre le soleil et la lune.

Quelle sensation de plénitude !

Je n'oublierai jamais cet instant, il est d'ores et déjà gravé dans ma mémoire. En tout cas, Julian est un expert pour les atterrissages en douceur. Je n'ai pas été bousculée, je n'ai pas eu le temps d'avoir peur.

– Tu as vraiment fait ça pour moi, Julian ? Tous ces éclairages, c'est vraiment rien que pour mes yeux ?

Il acquiesce.

– Pour toi et moi, oui.
– Dis-moi pourquoi, s'il te plaît. Explique-moi, je suis perdue. Je ne sais plus quoi penser, tu sais.
– Ne pense pas, Leah. Savoure.

Je hausse les épaules. Comment ne pas se poser mille questions ? Nous descendons de la nacelle et Julian me prend par la main. Toutes ces bougies qui dansent autour de nous offrent un spectacle absolument féerique. J'ai l'impression d'être une princesse. Cela peut paraître stupide, mais je le ressens physiquement. Je ne cherche pas à m'écarter de Julian. Je me laisse gagner par la magie des lieux et le savoir-faire de mon milliardaire en matière de… séduction.

– Nous allons marcher sur l'avenue des morts, Leah.

Ça c'est déjà moins gai…

– Et tu sais quoi, Leah ?
– Non, je ne sais pas. À vrai dire, je ne sais plus rien, Julian.
– Je ne me suis jamais senti aussi vivant.

Je capitule, j'abdique, je rends les armes, j'ai du caractère d'accord ! Mais il y a des limites. Tout est parfait depuis notre décollage. Je ne cesse d'entrer dans la quatrième dimension depuis que je suis en contact avec Julian Storm. Je vais finir par me demander s'il est réellement humain. Il serait un genre d'extraterrestre descendu sur Terre pour prendre la température ambiante que je ne serais pas plus surprise que ça.

– C'est beau ce que tu viens de dire.
– Je ne sais pas, Leah. Je le ressens, c'est…

Il s'interrompt, visiblement ému. Sa voix d'ordinaire assurée s'est quelque peu étranglée. Et même s'il n'avait pas prononcé le moindre mot, la pression de sa large main sur la mienne l'atteste de façon évidente. Nous avançons en silence sur l'avenue des morts. Et peu à peu, je m'aperçois que je pourrais prononcer exactement les mêmes mots. Je suis animée par des sentiments identiques. Je m'arrête et je le regarde comme je ne l'ai encore jamais regardé. Je le regarde comme une femme peut regarder un homme, sans penser à rien d'autre. Je le regarde comme une femme qui a envie d'un homme. Je frissonne. Et Julian lit à son tour ce qui brille dans mes yeux. Là encore son sourire le trahit.

Un sourire affolant… Son premier vrai sourire peut-être.

Mon désir est si fort, c'est comme une drogue non répertoriée qui me fait vaciller dans mes résolutions. J'ai envie de ses lèvres, de son corps plaqué contre le mien, de nos souffles affolés. Je sais qu'il faudra patienter car nous sommes dans un lieu sacré. J'espère simplement de tout mon cœur que la magie ne s'estompera pas quand nous aurons quitté ce décor à tomber.

Comme s'il avait compris l'urgence de désamorcer une situation trop érotique, Julian s'éclaircit la gorge et me raconte des anecdotes sur la civilisation aztèque. Je l'écoute et le désir physique se fait plus discret pour laisser place au bien-être dans lequel nous baignons.

– Sais-tu quelle est la signification de Teotihuacan, ce lieu où nous évoluons ?

N'en ayant pas la moindre idée, je m'en tire par une pirouette :

– Attends, je l'ai sur le bout de la langue !

Julian rit et j'aime aussitôt ce rire qui résonne dans la nuit tandis que les photophores éclairent son visage dont je n'arrive pas à me détacher.

– Tu connais le mot « nahuatl », Leah ?
– Non, qu'est-ce que cela veut dire, professeur Storm ?
– Le nahuatl est la langue des Aztèques.

Je ne peux pas m'empêcher de penser en souriant que ça doit faire son effet d'ajouter une telle langue à son CV. Une garantie d'être remarqué parmi les candidats à un poste !

– Et Teotihuacan signifie « la cité où les hommes se transforment en dieux ».

Je n'ai pas la force de réagir. Je finis même par m'inquiéter. Chaque mot de Julian tombe juste. C'est presque trop. Je ne suis pas loin de penser que l'homme dont je voulais me venger il y a quelques jours à peine s'est progressivement transformé en une sorte de dieu sous mes yeux. Je dois me calmer, ça devient ridicule. C'est trop facile tout ça…

Par bonheur, un bruit de moteur qui s'approche nous tire de cette torpeur. Des phares se rapprochent et le 4x4 qui nous a déposés sur le terrain vague avant le décollage s'immobilise à notre hauteur.

– Il est l'heure de partir, souffle Julian.

Je hoche la tête silencieusement.

Oui, le rêve est terminé, retour à la réalité.

– Mais qui va s'occuper de la montgolfière ?

Julian semble surpris par cette attention car il me répond :

– Ne t'inquiète pas, quelqu'un va venir la récupérer demain matin.

Malgré tout, je suis soudain envahie d'une grande tristesse. Garder l'équilibre, protéger l'harmonie, tout cela semble parfois si compliqué. Pourtant, quand Julian vient me rejoindre sur la banquette du véhicule, son regard me fait comprendre que je n'ai pas rêvé. Le désir est bel et bien là. Je le sens à sa façon de poser sa main sur mes genoux, aux papillons qui s'agitent dans mon ventre. Il y a des choses qui ne trompent pas.

D'un instant à l'autre, nous savons tous les deux que se laisser aller au plaisir des sens sera la seule voie possible. Les mots que Julian m'adresse en se penchant vers mon oreille me confirment que je ne suis pas en train de délirer.

– Francesco va nous déposer à l'aéroport. Nous allons passer la nuit dans la cabine du Gulfstream et nous décollerons au petit matin pour rallier Los Angeles. Le programme te convient ?

Je me mords la lèvre inférieure.

– Oui, Julian. Je…

La bouche de Julian plaquée contre la mienne m'empêche de poursuivre.

Cette fois, je n'aurai pas besoin de croire que c'est un simple égarement qui me pousse à le désirer de toute mon âme et de tout mon corps.

Francesco vient de nous déposer dans la zone de parking des avions, au pied du Gulfstream de Julian.

Si notre chauffeur a regardé dans son rétro pendant le trajet, il a dû voir des lèvres soudées l'une à l'autre, unies dans un baiser passionné et profond. Je n'ai jamais embrassé un homme aussi longtemps, je n'ai pas vu passer le temps, je ne pourrais pas décrire la route. Nous étions tendres et incapables de nous séparer. Ma peau vibrait, j'en oubliais de respirer.

Je regarde les feux de position du 4x4 disparaître progressivement dans la nuit. J'ai le goût de la bouche de Julian dans la mienne et ça me fait vibrer. Mon cœur bat la chamade car je sais très bien comment la nuit va se dérouler. Je n'ai jamais été aussi excitée de toute ma vie. Bien plus encore que lors de ma première et seule fois avec Julian. Pour la simple et bonne raison que j'ai l'impression qu'il s'agit d'un autre homme. En quelques heures depuis Los Angeles, il s'est passé tant de choses qui changent la donne.

Julian me tend une main que je saisis sans réfléchir. J'aime la douceur de son emprise, le contact de ses doigts si rassurant. Nous escaladons à la hâte les marches intégrées à la porte d'accès du jet et nous nous enfermons avec précipitation dans la cabine.

Enfin seuls…

Julian caresse aussitôt mon visage, mes cheveux, je sens son souffle tiède sur mon front. Je lève les yeux vers son menton, ses lèvres qui palpitent et ses joues où pointe une barbe naissante. J'ai très envie de la sentir sur ma peau, cette barbe. Envie d'être marquée par le corps de cet homme. Envie de me souvenir de tout avant même d'avoir commencé quoi que ce soit. Je frémis quand son autre main glisse sur la courbe de mes fesses rondes.

Ses deux mains remontent vers mes épaules nues qu'il effleure du bout des doigts.

– Le grain de ta peau me rend fou, Leah.

Mmm…

J'ai l'impression qu'il suffirait qu'il passe juste un doigt sous mon short pour me procurer un orgasme. Je suis parcourue de frissons et je suis à fleur de peau. Un geste, un mot de cet homme serait à même de me faire décoller.

Julian m'abandonne un instant pour éclairer la cabine encore plongée dans l'obscurité. Même pour ça il est doué ! Les milliers de photophores sur le site des pyramides, c'était splendide. En quelques secondes, l'ambiance tamisée de l'espace feutré qu'offre la cabine du jet devient résolument propice au rapprochement des corps. Julian me dévore des yeux. Ses pupilles sont celles d'un félin qui vient de repérer sa proie.

Mmm, c'est moi la proie…

– Tu es ravissante dans cette lumière douce.

Tu n'es pas mal non plus, monsieur…

Il sélectionne une playlist sur un iPod qu'il branche au système audio de l'avion.

Alicia Keys, le retour !

Cette chanteuse me rappelle des souvenirs très… érotiques. Je vais finir par croire que ses titres sont destinés à composer la bande originale de chacun de mes ébats avec Julian. Cette fois c'est « Superwoman » et je ne peux pas m'empêcher d'onduler sur place en aguichant Julian. Je me rends compte que je suis beaucoup plus à l'aise que l'autre nuit, dans le salon de la villa. Je me sens femme. Et c'est très agréable.

– C'est pour moi, cette chanson ?

Un sentiment de bien-être teinté de fierté me submerge. Je suis légère, insouciante, je tourne sur moi-même et je ris tout doucement.

Mon milliardaire danse également sur l'air d'Alicia Keys à quelques centimètres de moi. Il se mord la lèvre inférieure en hochant la tête. Il est diaboliquement séduisant. Bien des top models feraient une dépression nerveuse s'ils se retrouvaient à cet instant même en compétition avec Julian Storm. Il faut reconnaître que c'est un spécimen de beauté hors normes.

– J'ai envie de voir tes seins, Leah, me dit-il de sa voix rauque et enveloppante.

Il passe une main dans mes cheveux, il insiste.

– Je veux te regarder.

Je fais durer le plaisir. Je joue ma timide et minaude, feins d'hésiter. Je suis toujours sa captive, mais je ne suis plus du tout celle de la première fois, partagée entre la réticence et le désir. Cette nuit, je veux exactement la même chose que lui. Nous sommes à égalité. Et j'ai décidé d'exister à part entière.

– Je ne suis pas sûre, Julian.
– N'oublie pas que…
– Je suis ta captive, je sais.

Sa façon d'acquiescer me rend dingue. Il a l'air si sûr de lui tout en faisant preuve de délicatesse. C'est comme un ordre silencieux et c'est comme une prière. Je ne me suis jamais déshabillée de la sorte pour personne. Et là, je sais pourtant que je serais prête à me caresser devant lui s'il m'en intimait l'ordre. Je rougis à cette idée. Je suis une autre Leah… la vraie sans doute. Enfin ! Je me débarrasse de mon débardeur et je sens le regard de Julian posé sur mes seins dont la pointe est déjà dure. Je sais que tout à l'heure il les pincera, les mordillera, les sucera. Cette perspective me rend folle d'avance. Je suis pieds nus en short noir devant le plus beau des hommes qui me regarde passionnément, en ondulant devant moi avec sensualité. Ses muscles tendus roulent sous sa chemise. Et je ne peux manquer de remarquer le renflement conséquent qui déforme son entrejambe. Sa voix rauque m'ordonne avec douceur :

– J'aimerais que tu retires ton short maintenant.

J'obéis sans plus tarder et je le regarde en tremblant de désir. Je ne porte plus désormais qu'une culotte de coton blanc. La voix excitée de Julian me propose alors de faire glisser ma petite culotte le long de mes jambes et de la lui donner.

Il fait une fixation sur les dessous, c'est un genre de fétichiste !

Cette pensée me fait sourire. Je m'en fiche, ça me plaît qu'il me demande ce genre de choses. Je brûle de désir et je peux sentir un filet de sueur me chatouiller les reins. Entraînée par la voix d'Alicia Keys, je m'exécute, j'ôte ma culotte et je la lui tends. Il la porte à son visage sans me quitter des yeux. Je me mords la lèvre inférieure tandis que sa main libre glisse lentement vers la zone où son pantalon est si tendu.

– Tu me fais de l'effet, Leah.

Merci, ça j'avais cru remarquer !

Je me passe la langue sur les lèvres et tout mon corps se met à trembler. C'est super érotique quand il dit ça. Je me souviens de son sexe si beau et attirant. Je me souviens de son goût et je le veux encore entre mes doigts, dans ma bouche, sur ma langue. Je n'ose pas lui dire qu'il me fait « de l'effet » lui aussi mais mon regard en dit sans doute beaucoup plus. Il passe une main dans ses cheveux en bataille et je ne peux pas me retenir de caresser mes lèvres des doigts. Il a tellement de magnétisme.

Ce n'est pas un homme, c'est un aimant !

Julian se colle contre moi tout en rangeant ma petite culotte dans la poche de son pantalon. Je suis au bord de sa bouche qui tremble, sur la trajectoire de ses yeux brûlants qui me font déjà l'amour. Et là encore je pourrais jouir sous l'intensité de son regard si pénétrant, si désireux, si provocant. Je gémis malgré moi. Il sourit et je perds pied. J'adore les fossettes qui se dessinent au creux de ses joues. Il me bouleverse. Et je sais que lui aussi est très excité par ces sons qui sortent d'entre mes lèvres. Je frissonne, il frémit. Une de ses mains saisit mes cheveux avec douceur mais fermeté pour tirer ma tête en arrière, puis il plonge son visage dans mon cou pour le lécher. Je sens son désir contre mon ventre. Je me presse un peu plus fort encore contre lui. Il est si dur, si…

Fais-moi tout ce que tu veux, Julian…

Son autre main se glisse entre mes cuisses. Ses lèvres abandonnent mon cou et il me regarde à nouveau en souriant :

– J'adore te sentir mouillée comme ça.

C'est toi le coupable !

Je lui dis que j'ai envie de lui. Il me répond qu'il adore le timbre de ma voix quand je le demande. Il gémit et glisse un doigt dans ma fente qu'il enfonce loin en moi, d'un seul coup. Je pousse un cri. Son pouce se met à tourner et à voyager autour de mon clitoris. Il ne me quitte pas des yeux, se joue de moi avec ses doigts comme si j'étais un instrument de musique. Il est audacieux et raffiné dans chacun de ses gestes.

Mon Dieu, il me connaît déjà si bien…

– Merci d'être avec moi, murmure-t-il sans cesser de faire coulisser son majeur dans mon intimité.

Ma réponse n'est qu'un long gémissement qui s'étire à l'infini tandis que je savoure sa caresse. Il abandonne mon sexe, recule de quelques pas.

Nooon, Julian, j'en veux encore…

– Regarde-moi, Leah, murmure-t-il.

Il ondule en se mordant la lèvre inférieure et ses yeux lancent des éclairs. Il déboutonne sa chemise pour se mettre torse nu, son corps musclé dans le clair-obscur de la cabine est magnifique. Waouh, un homme beau comme le diable danse et se déshabille rien que pour mes yeux. C'est un strip-tease impromptu dont je savoure chaque phase.

Je t'en supplie, le pantalon maintenant…

Il sourit comme s'il lisait en moi et déboucle sa ceinture. Son pantalon tombe à ses pieds et son boxer blanc ne tarde pas à suivre le même chemin. D'un mouvement du pied, il se dégage de ses vêtements et me contemple en souriant. Il est nu devant moi, si à l'aise. Il est craquant et tellement indécent, à croquer. Son érection est un attentat à la pudeur. Un volcan se réveille en moi, ma respiration s'accélère, chaque centimètre carré de ma peau réclame les attentions si particulières de cet homme au charisme insoutenable.

J'admire son corps, lequel semble avoir été sculpté par un artiste de génie. Il a des muscles que je ne connaissais même pas ! Il me faudrait sans doute des heures avec un dictionnaire d'anatomie pour espérer les classifier. Il se penche et fouille dans la poche de son pantalon. Il en extirpe un étui de préservatif qu'il déchire avant de dérouler le latex le long de son membre dressé. Ses yeux se plantent à nouveau dans les miens. Son nez frémit, il recule de quelques pas et s'installe sur un siège de la cabine.

– J'ai envie que tu viennes sur moi, Leah.

Je me mords assez fort la lèvre, suffisamment pour sentir le goût métallique du sang sur ma langue. J'ai l'impression de m'embraser.

– Viens, petite princesse.

Je hoche la tête et je le rejoins en vacillant tant mes jambes tremblent. Je prends appui sur les accoudoirs du siège tandis qu'il me guide vers son sexe qu'il tient. J'ai l'impression d'être du métal en fusion attiré par un aimant irrésistible. Le contact de son gland si gonflé au bord de mes lèvres me fait frissonner de la tête aux pieds. Je gémis, je soupire, je tremble. Nos yeux se cherchent, nos lèvres se frôlent. Les mains de Julian étreignent alors mes hanches et c'est comme une décharge électrique qui me parcourt la colonne vertébrale quand je m'empale doucement sur son érection.

Alicia Keys entame les premiers accords de « No One ». Julian agrippe mes fesses avec vigueur pour que je vienne encore plus sur lui. C'est une sensation intense. Il me remplit et j'ai l'impression de le posséder. Je commence à bouger lentement sur lui et c'est un véritable incendie qui se déclare dans tout mon corps. La musique ajoute à mon désir et mon émoi. Je suis comme transportée. Je danse sur Julian. Je me cambre, mon corps ondule sur ses cuisses musclées. Sa langue se promène sur mes seins dont la pointe est plus sensible que jamais. Mes tétons, mes aréoles, il sait si bien s'en occuper, c'est tellement jouissif. Mon sexe se contracte par intermittence autour de sa verge qui semble durcir en moi sans fin. Je ne peux pas m'empêcher de penser que nous sommes faits pour être ensemble.

C'est divin…

– Là, c'est toi qui me prends, Leah. J'adore…

Il me griffe les fesses et je me contracte.

Oui, marque-moi, je veux tes traces sur moi…

Je pousse un cri et je gémis.

– Je te sens si bien…

Julian augmente la pression de ses mains sur mes fesses.

– Encore, souffle-t-il.

Son membre cogne au fond de moi avec régularité, je ressens chaque fois la caresse de son gland. Je chevauche un homme magnifique qui me pétrit les fesses en me regardant dans les yeux comme si j'étais un cadeau du ciel et qu'il désirait me dévorer. Je suis survoltée. Je commence à accélérer le mouvement et Julian s'arc-boute par intermittence pour venir plus vite à ma rencontre. Je passe mes mains dans sa chevelure que j'agrippe et je me plais à remonter parfois le bassin, libérant presque complètement la verge de Julian, avant de m'asseoir à nouveau sur lui. Julian grogne tout en léchant la pointe de mes seins et en les prenant tour à tour avec délicatesse entre ses dents si blanches. Cette douce morsure est un plaisir indescriptible. Sa barbe agresse ma peau de façon délicieuse. La sensation de ses cheveux soyeux sous mes doigts est un régal. Des gouttes de sueur perlent au front de mon amant sublime. Notre étreinte est animale. J'ai l'impression d'être une cavalière chevauchant un étalon fougueux.

– Encore, Leah, plus vite.

Oui, tout ce que tu voudras…

Comme si c'était encore possible, j'augmente la cadence, je monte et je descends sans relâche sur le sexe de Julian. J'ai l'impression qu'il est de plus en plus présent en moi. Je suis tout près. Et lui aussi, je le sais, c'est écrit dans ses yeux où passent toutes les nuances du plaisir. Je garde une main dans ses cheveux et de l'autre je caresse son torse si large et brillant de sueur, puis je le griffe à mon tour tant je suis hors de moi. Je halète, au bord de l'évanouissement. Il gémit de plus belle et m'administre une série de petites fessées au gré de mes va-et-vient.

Ses paumes qui claquent sur ma peau, mmm…

Ma main remonte vers son cou, son visage, ses joues, son nez, ses sourcils et je glisse un index entre ses lèvres que je fais aller et venir dans sa bouche en le provoquant du regard. Il est comme fou.

Nous sommes fous…

Nos respirations sont saccadées. Nos gémissements incessants s'entremêlent et recouvrent presque la musique diffusée par les enceintes. J'ai l'impression de ne pas avoir connu le plaisir avant lui. Tout du moins, c'est sans commune mesure. Il me comble et me dévaste. Mon énergie est décuplée par les sensations que la vigueur du membre de Julian provoque en moi.

J'entends sa voix rauque qui me supplie soudain de ralentir un peu. Il me souffle qu'il n'en peut plus, que c'est trop. Cet aveu lâché dans un souffle me rend heureuse. Je gémis plusieurs fois comme pour lui signifier « oui, d'accord », mais je n'obéis pas sur-le-champ. Quelque chose d'inexplicable me pousse à continuer encore et encore. Je ne peux pas m'empêcher de m'empaler infiniment sur lui, affolée par le son de nos peaux qui claquent l'une contre l'autre. Dans les yeux de Julian, je devine qu'il est lui-même entré dans un autre monde et qu'il n'a plus tout à fait le contrôle. C'est un peu moi qui mène la danse à cet instant et c'est trop bon de le découvrir soudain si vulnérable.

D'une main, je lui caresse une joue et je commence à réduire l'ampleur de mes déhanchements, jusqu'à demeurer immobile sur son sexe. Ses yeux brillent, ses mains pétrissent mes fesses m'obligeant à bouger à nouveau tout doucement sur lui en cercles concentriques. Je lui dis que je vais bientôt jouir.

– Je t'attends, petite princesse.

Alors je recommence à bouger sur lui, je me soulève et je m'empale encore et encore, de plus en plus vite… Jusqu'au point de non-retour. Et j'explose en même temps que lui. Nos cris se mêlent tandis que nos corps soudés tremblent à l'unisson.

Nous demeurons un long moment silencieux, nous nous efforçons de retrouver un rythme cardiaque régulier. Et sa voix résonne enfin comme une plainte si douce à mon oreille :

– Leah ! Qu'est-ce que tu me fais ?

Je pose mes lèvres contre sa tempe et je gémis. Je n'ai pas d'autre réponse en rayon. Je suis juste épuisée, très émue et terriblement épanouie.

Je sens ses bras qui me serrent contre lui et cela vaut tous les plus beaux discours. J'ai presque mal mais je ne dis rien. J'en profite, je goûte chaque millième de seconde de cet instant inoubliable. Je respire dans son cou un mélange de sueur et de lui-même. J'aime son parfum, son odeur. Je sens aussi son sexe qui bat toujours en moi, prisonnier de mon intimité qui se contracte par intermittence. Je perçois les pulsations de son cœur contre mes seins. Et puis il y a cette chaleur cuisante sur mes fesses qui me procure l'impression d'être vivante. Je pourrais m'endormir en quelques secondes et faire les plus beaux rêves du monde. Mais les yeux de Julian me tiennent éveillée. Son regard apaisé et empli de reconnaissance me lance des étoiles. Elles se transforment dans le même temps en petites comètes dans mon ventre. Les lèvres de Julian s'entrouvrent :

– Je n'ai jamais…
– Chuuut…

Il se mord la lèvre inférieure et me décoche un sourire à crier de bonheur. Il se redresse tout en restant en moi. Il me tient par les cuisses, je m'accroche à son cou quand il se met debout en me soulevant comme une plume pour pivoter et m'installer en douceur sur le siège. Désormais à genoux devant moi, son sexe toujours dans le mien, il fait passer mes jambes sur ses épaules. Cet homme est renversant dans tous les sens du terme.

– Je n'ai pas dit mon dernier mot, petite princesse.

Je souris en tendant le bras pour caresser son visage.

Tout ce que tu voudras, Julian, surtout si tu m'appelles comme ça…

J'agrippe les accoudoirs du siège alors qu'il recommence à aller et venir en moi. Je n'ai pas envie de résister, je ne suis plus du tout fatiguée. C'est magique entre nous, c'est tout.

La musique s'est arrêtée et nos gémissements qui résonnent dans le silence de la cabine n'en sont que plus excitants.

10
SUR LE SENTIER DE LA GUERRE

L'imposant Gulfstream de Julian fend les airs, cap sur Los Angeles. Le soleil levant procure d'étranges et surréalistes couleurs aux nuages. C'est un spectacle d'une beauté inconcevable.

Tout mon être est si sensible que je n'arrive pas à trouver de position un tant soit peu confortable sur cette banquette pourtant si accueillante. J'ai l'impression d'avoir participé à de nombreuses épreuves sportives. En fait, c'est un peu comme si j'avais cumulé une séance de lutte, des kilomètres à la nage et une série de figures inconnues de yoga. Sincèrement, j'exagère à peine. Chacun de mes muscles est endolori. Je suis à fleur de peau. Mon cœur et mon corps dansent encore le tango du plaisir.

C'était hallucinant !

Je pensais pourtant qu'il n'y aurait jamais rien de plus dingue que nos folies sur le canapé de la villa de Julian Storm. Qu'il s'agissait d'un moment de grâce qui ne se reproduirait sans doute pas. Or je n'avais encore rien vu. Le sexe avec Julian est un truc démentiel. Un mystère plus mystérieux que le Triangle des Bermudes. Une alchimie magique nous réunit comme une évidence, il n'y a rien d'autre à dire. Malgré ma petite expérience, j'ose prétendre que c'est exceptionnel. J'ai l'impression que nous n'avons aucune limite, lui et moi. C'est chaud, très chaud entre nous, et pourtant tout se déroule dans le respect et l'harmonie. Et puis cette fois Julian n'a pas eu besoin de forcer mes barrières. Nous étions tous les deux aussi libres dans le même enclos de nos fantasmes.

Est-ce cela que l'on nomme l'accord parfait, l'osmose ou je ne sais quoi ?

Ma peau est encore imprégnée du parfum de Julian. Je passe une main sur mon visage.

Mmm, son odeur.

Je reconstitue comme je peux le puzzle des dernières heures. Je repense à toutes les révélations qu'a pu me faire Jennifer Marquez quand nous buvions du Martini dans son bureau, en attendant le retour de Julian. Je revois chaque geste, chaque attention de mon « geôlier ». Et je dois reconnaître que je commence à douter très sérieusement de sa culpabilité dans la mort de mon père. N'allez pas croire que je sois aveuglée par ces moments de plaisir intense entre nous. Nos corps à corps ne m'ont pas fait perdre la raison, quelques neurones de mon cerveau sont suffisamment détachés de cet aspect de notre étrange relation. Une autre chose me frappe d'ailleurs plus que tout. Pas une seule fois, en désormais quatre jours, Julian n'a éprouvé le besoin de se justifier.

Il n'a rien à se reprocher, cela semble assez évident…

Si Julian Storm se livre peu à peu, comme il ne l'a sans doute jamais fait, ce ne sont jamais que des bribes de secrets révélées sans ostentation, au compte-gouttes… Non, pour l'instant le seul domaine dans lequel mon milliardaire se donne sans compter, c'est définitivement celui du sexe. Je n'ai jamais ressenti pareil bonheur dans les bras d'un homme et je crois pouvoir avancer qu'il en est de même pour lui. Je l'ai senti dans nos souffles mêlés, dans les regards et les mots prononcés dans l'intimité du plaisir. Je l'ai entendu dans nos cœurs qui résonnaient l'un contre l'autre.

Plus tard dans la nuit, allongée contre le corps de Julian, j'ai vainement tenté de le rendre plus loquace concernant ses activités humanitaires, mais il a éludé mes questions.

– Je n'aime pas trop parler de moi, Leah.

– Ce n'est pas se mettre en avant que d'expliquer aux autres ce qu'on fait de sa vie.

– Peut-être, mais cela ne sert à rien d'en parler. Je préfère de loin agir.

Je n'ai pas insisté, j'ai déposé un baiser sur ses paupières qui se fermaient. Et puis Julian s'est endormi deux petites heures. Et moi, je ne pouvais détacher mon regard de son visage apaisé.

C'est la première fois que je passais tant de temps à regarder un homme dormir. Tant de temps que je n'ai pas dormi moi-même, guettant le cœur battant l'instant fragile où ses paupières se soulèveraient.

À l'aube, l'infatigable Julian a ouvert les yeux, il m'a donné un sourire qui m'a totalement bouleversée, avant de me chuchoter qu'il était temps de décoller. À mon tour, j'ai ressenti le besoin de me reposer et je suis allée m'allonger un peu dans la cabine. Un air de jazz passait en fond sonore. Je me suis endormie avant même que le jet ne décolle et j'ai rêvé de nous.

Julian et moi…

Nous étions dans une maison, nous vivions ensemble, j'étais la femme de sa vie et il était l'homme de la mienne. Un vrai rêve de cinéma. C'était beau, simple… un rêve en somme.

Je passe une main dans ma chevelure ébouriffée et je m'étire pour la millième fois. Sur le siège voisin, Julian a disposé les vêtements de rechange qui se trouvaient dans le petit sac de voyage. Des dessous neufs, une jolie jupe en tissu écru, un chemisier en soie et des sandales à fines lanières.

J'adore ! Ce mec pense toujours à tout, c'est dingue. Et il a vraiment du goût !

Je rejoins les toilettes du jet pour me rafraîchir, me coiffer et m'habiller.

Quand j'en sors, mon « pilote » me prévient que nous approchons de Los Angeles et que nous allons bientôt atterrir. L'inquiétude me gagne soudain. Il a si peu dormi et j'imagine le pire.

– Tout va bien, Julian ? Pas trop fatigué ?
– J'ai connu des jours meilleurs, mais tout est OK. Je devrais être capable de poser cet avion sans encombre sur la piste.

Bonjour la psychologie !

Je sais qu'il plaisante, mais quand même. Je me crispe un peu en m'installant et en bouclant ma ceinture tandis que l'avion perd de l'altitude. J'observe la terre ferme à travers mon hublot. Les routes, les bâtiments et les voitures sont de plus en plus visibles. Les battements de mon cœur s'accélèrent. Je vais vivre mon premier atterrissage en avion les yeux ouverts.

Si j'avais su, j'aurais avalé un ou deux calmants pour dormir un peu plus longtemps. Je me sens un peu seule au milieu de la cabine. Personne à qui tenir la main. Personne pour m'offrir un sourire réconfortant.

– Je sais que tu es angoissée, Leah. Viens me rejoindre. Tu verras, c'est très beau à voir quand on arrive sur la piste. Allez, rejoins-moi vite !

Il lit vraiment dans mes pensées, c'est incroyable. Je ne me fais pas prier et je prends place dans le cockpit. Quitte à se crasher, autant le faire à ses côtés.

– Tout va bien se passer, Leah.

Stop, ne dis plus rien ! Occupe-toi juste de cet avion.

Il se tourne vers moi et m'observe un instant, l'air séduit :

– Tu es très jolie avec cette jupe et ce chemisier !

Touchée par ses mots, je me mords la lèvre inférieure et je trouve la ressource de plaisanter :

– *My tailor is rich !*

Julian rit et j'ai envie de me jeter sur lui tant il est craquant. Je m'accroche enfin aux accoudoirs de mon siège tandis que lui entame la procédure d'approche, avant ce qu'il nomme la « finale », à savoir la trajectoire qu'il faut prendre pour se trouver dans l'axe du tarmac.

– Nous sommes au-dessus du seuil de piste, c'est le moment de cabrer l'appareil pour exécuter un arrondi.
– Quoi ?

Ma question est sortie comme un couac. On aurait dit un gémissement de grenouille écrasée par un poids lourd. Pas très glamour tout ça. Julian m'adresse un bref regard où je crois deviner une légère nuance de moquerie.

– Cela sert à réduire la pente de notre trajectoire et à se placer en parallèle avec la piste.
– D'accord, Julian. Fais ce que tu veux, mais fais-le bien !

Seigneur, je vais tourner de l'œil ou piquer une crise de nerfs, au choix !

Imperturbable, Julian continue de me décrire les gestes à réaliser avant de toucher le sol.

– Je viens de réduire la puissance des moteurs, je relève le nez du jet pour augmenter sa portance et bien placer le train d'atterrissage central.

Je pose une main sur la cuisse de Julian, en prenant garde de ne pas la presser trop fort pour ne pas le déranger à ce moment critique. Ce fou furieux trouve encore le moyen de gémir de gourmandise tandis que le train d'atterrissage entre soudain en contact avec le sol. Je n'aime pas trop le bruit que cela produit, c'est franchement flippant.

– Ça, c'est fait ! Maintenant je réduis complètement la puissance des moteurs, je commence à utiliser les aérofreins pour diminuer progressivement la portance.

D'un seul coup, sans pouvoir me l'expliquer, je n'ai plus peur, je suis submergée par une confiance absolue en cet homme qui maîtrise si parfaitement ces opérations délicates. Sa voix me rassure et me berce. J'aime qu'il me détaille le processus avec tellement d'attention. C'est vraiment un défi de précision ! Je ressens à peine le moment où le train avant entre à son tour en contact avec la piste. C'est comme une décharge d'adrénaline et je laisse échapper un cri de joie.

Bravo, Julian !

– Il ne reste plus qu'à augmenter le freinage en utilisant les inverseurs.

Lentement mais sûrement, dans un vacarme assourdissant dû aux réacteurs qui fonctionnent en sens inverse, le Gulfstream ralentit jusqu'à s'immobiliser enfin.

– Alors, Leah ?

Je suis comme une gamine.

– C'était… c'était génial !

Julian passe le dos de sa main sur ma joue, avant de diriger le jet à faible allure vers le point de parking. Un homme nous attend près d'une limousine, laquelle est garée à côté d'une Porsche. Nous débarquons du Gulfstream et rejoignons cet homme en costume qui a vraiment beaucoup d'allure.

– John, je te présente Leah Windfield. Leah, voici John Edwards dont je t'ai déjà parlé.

Nous nous saluons mais je devine aussitôt que quelque chose ne va pas. Une ride de mauvais augure barre le front de l'avocat.

Mary, c'est Mary, j'en suis sûre...

– Je n'ai pas de bonnes nouvelles, Leah. Votre amie Mary est à l'hôpital. Winston n'y est pas allé de main morte.

Pas Mary, pas elle...

– C'est arrivé quand ? s'inquiète Julian.

À voix basse, l'air désolé, John répond :

– Dans la nuit, Julian. À la sortie d'une discothèque.

Soudain, c'est un mélange de colère et de peur qui se met à bouillir en moi.

– Je vais lui faire la peau à ce salaud.

Toutes les angoisses et émotions que je refoule depuis le début de ma captivité ressortent d'un seul coup. C'est mon tempérament de Sicilienne qui s'exprime à nouveau. J'intercepte au même moment l'échange de regards entre Julian et John. J'y lis la connivence et la détermination et je comprends aussitôt que d'une manière ou d'une autre Winston risque fort de regretter son geste. Mais je veux régler le problème moi-même. C'est mon affaire, car c'est mon amie. Je n'ai jamais supporté l'idée que l'on puisse faire du mal aux gens que j'aime. Je me tourne vers Julian et j'annonce :

– Je vais aller le trouver, il va le regretter.

Julian pose une main sur mon épaule :

– Reste calme, Leah. On va…

Je l'interromps tout en repoussant son bras.

– Rester calme ? Tu plaisantes ou quoi ? Mary est mon amie, cet abruti de Winston est…

– Je vais régler ça avec John, m'interrompt Julian à son tour.

– Non pas question, Mary est comme ma sœur. Nous ne sommes plus dans un jeu, là ! Et arrête de décider pour moi !

Julian et John se regardent, l'air indécis. J'ai conscience de ne pas faire preuve de beaucoup de reconnaissance à leur égard, mais je suis trop énervée. J'en ai marre des jeux qui finissent mal. Et je ne laisserai pas Winston jouer avec Mary au point de l'envoyer à l'hôpital.

Je maîtrise à grand-peine les tremblements qui me parcourent. Julian soupire tandis que John tente une approche à sa façon. Il a une belle voix et s'efforce de parler avec douceur pour m'apaiser :

– Écoutez, Leah. Faites-nous confiance, ce type semble incontrôlable, il est assez dangereux. Votre place est au chevet de Mary. Elle a besoin de vous, sincèrement.

– Je vais demander à mon chauffeur de t'y conduire, ajoute Julian.

– Je m'en fiche de ton chauffeur ! Je ne joue plus je t'ai dit, je n'ai pas besoin de toi.

Mon ton est glacial, je suis furieuse et je sais que mon comportement vis-à-vis de Julian est excessivement violent, mais c'est plus fort que moi. Il ne dit rien mais je vois bien qu'il est bouleversé, blessé. C'est comme s'il avait peur de quelque chose, comme si la situation lui échappait. Puis son regard se durcit, entre lassitude et colère rentrée. Mon pouls s'accélère.

Je ne l'ai jamais vu comme ça !

– Alors fais ce que tu veux, finit-il par lâcher. Pars, Leah, tu es libre ! Je vais effacer le disque dur, tu n'as rien à craindre de moi. Moi non plus, je ne joue plus.

Il se passe la main dans les cheveux. Je remarque ses belles lèvres qui tremblent. Je devine qu'il fait des efforts incroyables pour rester digne. Il se mord la lèvre inférieure et précise d'un ton doux mais sans appel :

– Je ne te demande qu'une chose !

– Quoi encore, monsieur Storm ?

Il hausse les épaules et soupire, il doit me trouver franchement injuste mais il accuse le coup, avant de bien détacher ses syllabes :

– Laisse-moi m'occuper de Winston avec John !

Putain, il est têtu.

– Mais je viens…
– Fais ce que je te dis, Leah, fais au moins ça ! s'emporte Julian. Mary a sûrement besoin de toi, elle est seule à l'hôpital. Et tu sais quoi ? Plutôt que de toujours vouloir tuer tout le monde, tu ferais mieux de penser à t'occuper des gens qui t'aiment et qui ont besoin de toi.

Mes jambes flageolent, je suis remuée. C'est la première fois qu'il s'énerve. Mais j'ai beau être surprise, il n'a pas tort. Mary a besoin d'une présence. Elle ne connaît pas Julian et John. C'est moi qu'elle attend, c'est évident. Julian a raison une fois de plus ! Dès que je me laisse guider par la colère, je ne fais pas forcément ce qu'il y a de mieux.

Le regard de Julian se fait plus clément, l'orage est passé. Mais la couleur du ciel dans ses yeux demeure triste et grise.

– À part ça, je suis désolé de t'avoir embarquée dans ce petit jeu.

Il a l'air vraiment contrarié. Je ressens comme une douleur à l'idée que les règles du jeu viennent de changer et que nous sommes déjà en train de nous éloigner. En quelques secondes critiques, quelque chose vient d'évoluer dans notre étrange relation.

Je ne suis plus sa captive ! Je devrais m'en réjouir, mais je suis effrayée à l'idée de ne plus le revoir. Et dans son regard à lui, je lis des sentiments identiques.

Mon magnifique milliardaire arbore un air torturé qui me dévoile encore un nouvel aspect de sa personnalité. Nous sommes malheureusement dans l'affrontement, et la séparation est inéluctable.

– Prends soin de toi, souffle-t-il.

Sa voix me paraît soudain très lointaine.

On ne va pas se quitter comme ça !

À présent que les effets de ma colère primaire s'estompent, j'essaie de justifier maladroitement la raison de ma violence verbale à son égard.

– Tu sais, je voulais…

Mais non, c'est trop tard !

Julian ne peut plus m'entendre car il s'éloigne déjà sans se retourner pour rejoindre John Edwards qui l'attend au volant de sa Porsche. Je les regarde à bord du bolide et je me fais la réflexion que les deux amis ressemblent à des combattants sur le sentier de la guerre.

Sois prudent, Julian, s'il te plaît...

Je suis surprise par la réelle tendresse des mots qui dansent silencieusement dans ma tête. Elle est presque palpable, toute cette douceur qui me caresse. Je rejoins la limousine en marchant comme un automate. Je grimpe à bord et demande au chauffeur de me conduire à l'hôpital.

Mary...

Je n'ai même pas pensé à demander ce que ce lâche de Winston avait fait à mon amie. J'ai peur de ce que je vais découvrir à l'hôpital. Mary mérite tellement mieux, quelqu'un de bien, de vraiment bien.

Comme Julian...

Je suis anéantie. C'est à nouveau la valse effrénée des questions qui dansent dans mon cerveau. Et maintenant, que vais-je faire ? Oublier Julian ? Revenir ? Ou m'acharner à vouloir le punir d'être un Storm ? Vais-je continuer à le désirer puis à le détester tour à tour ? Ou bien vais-je commencer à l'aimer un jour pour l'éternité ?

Est-ce que quelqu'un m'entend là-haut ? Est-ce que quelqu'un pourrait me répondre ?

Une larme coule sur ma joue tandis que la limousine traverse Los Angeles et ses encombrements, roulant au pas vers l'hôpital où Mary vient d'être admise.

J'arrive, Mary. Je suis si désolée pour toi et je suis si triste pour tout…

III

DERNIÈRE CHANCE

11
OUBLIER LA COLÈRE

J'ai bien cru que la limousine n'atteindrait jamais l'hôpital où ma meilleure amie a été admise à la suite des blessures causées par Winston, son boyfriend qui ne mérite vraiment pas de l'être. À croire que chaque automobiliste de Los Angeles avait décidé d'utiliser son véhicule au même moment, provoquant des embouteillages monstres qui m'ont rendue à moitié folle d'impatience.

Je suis enfin au chevet de Mary, sa chambre est plongée dans la pénombre. Mon amie est allongée sous un drap blanc immaculé. J'attends qu'elle se réveille. Sa tête repose sur un oreiller et son bras droit est dans le plâtre jusqu'au coude.

Je remarque également les points de suture sur son front.

Espèce d'enfoiré de Winston !

Je tremble de colère, j'ai envie de tout casser. Je rêve d'aller retrouver ce lâche pour lui arracher la tête.

Pour me calmer et ne pas céder aux larmes qui se disputent sous mes paupières, je fouille dans mon sac à main et en extirpe un feutre. Je m'approche de Mary sans faire de bruit et je trace lentement des lettres sur la surface blanche de son plâtre.

« *Guéris vite, je t'aime…* »

Je me mords la lèvre inférieure, une larme clandestine glisse sur ma joue.

Je suis fatiguée, tourmentée par ma brusque séparation d'avec Julian et tellement désolée de ce qui est arrivé à Mary. C'est une fille si gentille et généreuse que je ne supporte pas l'idée que ce sale type ait pu lever la main sur elle et la traiter de la sorte.

Ses paupières se soulèvent, elle m'offre un pâle sourire. Je passe une main sur sa joue.

– Comment te sens-tu, ma belle ?
– Un peu vaseuse, mais ce n'est pas la fin du monde.

Je vois bien qu'elle fait un effort pour me rassurer, mais il semble évident qu'elle n'est pas tranquille. Elle est stressée. Cette mésaventure a dû la conduire à se poser pas mal de questions. Et je devine que ça risque de sérieusement turbiner dans sa tête au cours des jours à venir.

– Tu ne souffres pas trop ?

– Ça va, les calmants sont assez efficaces. Mon chirurgien a dû me placer une broche pour bien me réparer, mais je pourrai sortir dans quarante-huit heures.

Je hoche la tête.

– Comment c'est arrivé ?

Elle cligne des yeux, comme si le souvenir était encore trop présent.

– Pas vraiment envie d'en parler. Il est devenu dingue, c'est tout.

Je l'observe avec une nuance d'inquiétude dans le regard.

– Je sais ce que tu penses, Leah, tu m'avais prévenue ! Maintenant, j'avoue, je suis fixée.

Mary s'interrompt, puis elle soupire :

– Et toi, ça va ? Tu m'as manqué, tu sais. On a plein de choses à se raconter.

Je hoche la tête en replaçant une mèche de cheveux derrière mon oreille. Oui, j'ai des choses à raconter. Mais je ne sais pas par quoi commencer. C'est légèrement confus pour l'instant. Il est donc préférable de changer de sujet au plus vite.

– On se racontera ça plus tard, tu dois d'abord te reposer.

Mary m'observe un long moment :

– Tu es sûre que tout va bien, Leah ?

Je me compose un sourire de circonstance destiné à couper court à l'interrogatoire qui me pend au nez si je la laisse gagner du terrain.

Elle me connaît si bien !

– Tu es incroyable, Mary. Tu es allongée dans une chambre d'hôpital et c'est toi qui fais preuve de bienveillance à mon égard.

Elle m'offre un sourire timide.

– En tout cas, malgré ton petit air soucieux, je te trouve très en beauté. Et ce chemisier en soie est ravissant, je ne l'avais jamais vu ! Tu commences à t'habiller comme une femme du monde, on dirait que tu te métamorphoses.

Je me mords la lèvre inférieure, touchée par ce compliment. Mary voit tout ! En styliste avisée, elle n'a pas manqué de remarquer ce qui n'est autre que le goût exquis de Julian en matière de mode féminine. Toujours est-il que je me sens un peu bizarre depuis notre rupture brutale sur le tarmac de l'aéroport. Maintenant que mon doute initial concernant la responsabilité de Julian Storm dans la mort de mon père s'est effacé, j'ai peur de ne plus le revoir. Je regrette presque ces moments où j'étais sa captive.

Qu'allons-nous devenir ?

Je regarde à nouveau Mary, je vois son plâtre, ses points de suture sur le front et ça me rend dingue !

– Comment Winston a pu en arriver là ?

Mary arbore un air triste.

– Il y a les hommes qui demandent votre main et ceux qui vous cassent le bras, mauvaise pioche pour moi !

Mary s'évertue à essayer de me faire sourire, mais en vérité il n'y a rien de drôle dans cette affaire.

– Et ce salaud t'avait déjà frappée avant ?
– Il a parfois fait preuve d'agressivité, mais ça n'a jamais été aussi loin. J'ai toujours apprécié son côté voyou, tu le sais bien.

Je la regarde dans les yeux, je suis indignée :

– Oui, mais là c'est allé trop loin ! Beaucoup trop loin ! Tu dois le quitter !

Mary pousse un petit gémissement, entre lassitude et souffrance.

– Oui, je sais. Je vais essayer, plus qu'essayer même, mais… tu ne le connais pas, il va s'accrocher. Il va…

Mon amie s'interrompt un instant comme si ce qu'elle s'apprêtait à dire était délicat. Je fulmine, c'est certain qu'il risque de s'accrocher étant donné qu'il vit déjà à ses crochets.

– Un jour il m'a sorti : « Si tu me quittes, je te tue ! » J'ai d'abord ri en pensant qu'il plaisantait, mais il a ajouté avec un air sérieux : « Je ne plaisante pas Mary. » J'ai voulu en savoir plus, mais il s'est mis à m'embrasser avec tant de délicatesse que j'ai compris à quel point il m'aimait.

Mince, j'aurais dû être là, plus proche d'elle ! Je n'ai pas su deviner le côté malsain de cette relation !

– Mary, ce n'est pas de l'amour, ça !
– Oui, tu as raison, je le vois bien maintenant. Disons… que j'ai cru comprendre à quel point il m'aimait, mais… il me manipulait… tout ça ne m'apparaît clair que maintenant.

Je peux lire dans les yeux de Mary qu'elle essaie de rester digne malgré la peur enfouie en elle. C'est la première fois que je la vois comme ça. Elle est d'ordinaire si légère et optimiste. Cette situation me rend nerveuse. Mes mains se crispent, mon corps tremble, la colère me gagne. Et je m'emporte, oublieuse du fait que je me tiens dans une chambre d'hôpital.

– Désolée, mais ce gros con mérite une bonne leçon !

Je me lève et fais les cent pas.

– Je te jure qu'il va regretter de t'avoir frappée.

La violence de mes propos semble surprendre Mary. Peut-être aussi qu'elle n'a pas envie d'entendre ce genre de trucs pour l'instant. Elle me sourit quand même, visiblement touchée par ma réaction.

– Tu ne sais pas de quoi il est capable, Leah. Alors ne fais pas de bêtises, je t'en prie.

Je hausse les épaules, j'ai du mal à me calmer.

– Ouais, je vais réfléchir.

Je prends soudain conscience que Mary a besoin de tout sauf de ça pour le moment.

Je me reprends, j'inspire un grand bol d'air et je viens me blottir contre elle sur le lit en prenant garde de ne pas lui faire mal au bras. Et tout doucement à son oreille, comme un secret, je lui raconte mon étrange relation avec Julian Storm. Je préfère pour l'instant faire l'impasse sur l'épisode de la menace au pistolet et du tir à blanc sur son épaule. Mary semble fascinée, mais j'éprouve la sensation inexplicable qu'elle n'a pas l'air aussi surprise qu'elle le devrait. J'en suis à me demander pourquoi quand de légers coups résonnent à la porte de la chambre.

Lorsque Julian et John pénètrent dans la pièce, mon pouls s'accélère. Leurs vêtements à tous deux sont froissés. Et Julian a la lèvre légèrement ouverte. Du sang a séché sur son menton. Apparemment, il y a eu un problème. Les mots sortent tout seuls de ma bouche :

– Que s'est-il passé, Julian ? Tu es blessé ?

Il balaie l'air d'un geste du bras.

– Oh, rien de grave. C'est juste que Winston a voulu frapper John. Je me suis interposé et j'ai pris un mauvais coup. On a ensuite maîtrisé ce fou furieux et la police est arrivée.

Julian adresse un sourire désolé à Mary, avant d'ajouter :

– Nous avons porté plainte, la justice se chargera du reste. Tout va bien se passer, Mary.
– Merci beaucoup, Julian.

Le regard qu'ils échangent alors tous les deux pourrait laisser penser qu'ils se connaissent, mais je crois surtout que je suis fatiguée. Et légèrement jalouse quand Julian pose ses yeux sur une autre que moi.

Pfff, je suis stupide. Mary est mon amie et Julian est content qu'elle soit tirée d'affaire, tout simplement.

Je regarde Julian et j'oublie tout le reste. Il est si beau. Je ne peux pas m'empêcher de penser que John et lui ont agi par pure générosité, n'écoutant que leur courage. L'homme que je ne cesse de découvrir n'est pas celui dont on évoque les frasques, manipulations ou autres OPA sauvages, sur Google. Il ne PEUT pas être mauvais ! Je ne le côtoie que depuis quatre jours, mais je commence à le connaître. Il doit y avoir une explication. Depuis notre rencontre, Julian a fait preuve de douceur et de tendresse à mon égard. Il s'est montré plein d'attentions, ne cessant de multiplier les surprises. Il n'a selon moi pas triché un seul instant. Même si je demeure persuadée qu'il cache des choses pour une tout autre raison, des secrets qui pourraient sans doute facilement le disculper des griefs dont je l'accuse depuis le début. Je l'observe et je repense à l'album photo découvert dans son bureau de Bel Air. Ce cliché de famille où l'homme et la femme autour de Julian enfant sont barrés au feutre. Ces marques si violentes qui contrastent douloureusement avec le sourire du petit garçon posant à leurs côtés.

La voix mélodieuse de John Edwards s'adressant à Mary m'extirpe de mes pensées.

– Votre Winston ne vous importunera plus, je crois. C'est une affaire classée !

Mary le remercie gentiment tandis que je croise à nouveau le regard de Julian. Et je me sens alors très belle dans ce regard. Quant à moi, je le trouve magnifique avec son petit air de bad boy justicier. Des frissons de désir me parcourent.

Pourquoi j'ai toujours envie d'être dans ses bras ?

John s'éclaircit la voix et ajoute :

– Et si nous nous retrouvions tous les quatre au restaurant dès que Mary sortira de l'hôpital ?
– Avec plaisir, répond Mary, ça me changera les idées. En tout cas, encore merci de tout cœur à vous deux !

Elle s'interrompt et dirige son regard vers moi :

– Et merci à toi d'être toujours là, Leah.

Je lui dis sans réfléchir :

– C'est toi qui es toujours là pour moi, Mary !

La voix de Julian résonne soudain :

– Désolé, mais je vais devoir m'absenter. Une affaire importante à régler !

Non, ne pars pas, s'il te plaît !

Il n'entend malheureusement pas ma pensée et disparaît discrètement.

Tu aurais pu au moins m'embrasser…

Je surprends John en train de m'observer. Il n'a pas manqué d'intercepter la tristesse et la déception dans mon regard. Je hausse les épaules, m'efforçant de me donner un peu de contenance.

À son tour, John salue Mary et me propose de me raccompagner où je le désire. Je regarde Mary, l'interroge silencieusement.

– Vas-y, Leah, souffle-t-elle. Je vais dormir un peu, ces calmants ont tendance à m'abrutir.

Je hoche la tête, perdue dans mes pensées. J'embrasse Mary et lui fais promettre de bien se reposer. John la salue à son tour et nous quittons la chambre.

Dans les couloirs de l'hôpital, mon cerveau émet toutes sortes d'hypothèses. J'entends encore les mots de John : « Je peux vous raccompagner où vous le désirez. » Je me rends compte de ce que cela signifie : je suis libre d'aller où bon me semble. J'avais perdu l'habitude. Je ne suis plus une captive ! Et j'en ressens presque de la peine.

Qu'est-ce qu'il m'arrive ?

Je rêve d'un seul endroit où me rendre. C'est plus fort que tout. Mais non, il ne faut pas. J'ai vraiment besoin de faire le point. Je dois me poser, rentrer chez moi. C'est donc mon adresse que je donne à John une fois installée sur le siège passager de la Porsche. Nous roulons sans dire un mot. Je me sens ailleurs. En sourdine, un air de musique classique s'échappe des enceintes de l'installation audio. J'ai l'impression qu'il serait temps pour moi de négocier un virage, de faire le deuil de certaines choses pour apaiser ma colère. M'ouvrir aux saisons de l'apaisement. Et qui sait ? Faire enfin confiance à la vie.

La voiture de John s'immobilise devant l'immeuble où se trouve l'appartement que je partage avec Mary. Je me tourne vers lui et il me sourit.

– Merci beaucoup, John.
– Il n'y a pas de quoi, Leah.

Au moment où je m'apprête à ouvrir la portière, John pose une main sur mon avant-bras :

– Je peux vous confier quelque chose, Leah ?

Je me tourne vers lui, l'interrogeant silencieusement du regard. À voix basse, il commence :

– Que cela reste entre nous, mais je sais que Julian a besoin de vous.

Mon pouls s'accélère. C'est un moment important, je le sens. John poursuit :

– Chaque fois qu'il prononce votre prénom, je vous jure que ça fait comme une petite musique à mon oreille. Julian a changé depuis que vous avez débarqué pour le tuer.

Je sursaute. Ça fait une drôle d'impression d'entendre ainsi parler de moi. Alors Julian a tout raconté à John ! Quoi de plus logique en somme, ils sont amis. En tout cas, je voudrais me faire toute petite et disparaître. Je suis également un peu choquée que John puisse évoquer le fait avec tant de naturel, mais c'est la vérité ! J'ai débarqué dans la villa de Bel Air avec un flingue dont j'ai pressé la détente.

Je soupire et offre un regard désolé à John.

– Mais avec Julian on ne se connaît que depuis quatre jours !

Il hausse les épaules, se murmure des paroles à lui-même.

Suis-je en train de devenir folle ? Ai-je bien entendu ?

– Qu'est-ce que vous venez de dire, John ?
– Je disais que cela peut paraître incroyable, mais c'est la vérité !

Je soupire, je suis larguée. Je jurerais avoir entendu John murmurer : « Depuis bien plus longtemps, si vous saviez. » Je me raisonne et me dis que c'est à cause de l'émotion, je ne peux pas avoir entendu ça. Je perds un peu la tête avec tous ces sentiments mélangés. Tout simplement.

– Je ne voulais pas le tuer, vous savez. J'étais juste emplie de tristesse et de colère, tout est allé très vite, je…

– Chut, je sais tout ça, Leah, m'interrompt-il. Et croyez-le ou non, mais en dehors de votre beauté incontestable et de votre charme délicieux, c'est votre détermination et votre pureté qui ont séduit Julian. C'est comme s'il avait reconnu vos blessures, ces blessures qu'il a endurées lui-même à sa façon. Il a été, comment dire, comme chaviré par votre insolence, vos répliques, vos réactions, votre humour.

Stop, monsieur Edwards !

Mais John ajoute sur un ton posé :

– Julian respire depuis que vous êtes dans sa vie. Alors je vous demande une chose.

J'ai la bouche sèche, je ne sais pas quoi répondre, aussi, je hoche la tête.

– Laissez-lui encore une chance, conclut-il, rien qu'une petite chance avant de décider de ne plus le revoir. Ou d'envisager de recommencer à lui nuire.

Je ne veux pas nuire à Julian Storm, je ne veux plus…

Un silence succède aux dernières paroles de l'élégant John Edwards. Je suis touchée par sa franchise. Ainsi que par cette marque d'amitié. Je ne peux pas me retenir de lui faire une bise sur la joue.

J'actionne la poignée de la portière et je souffle :

– Merci pour tout, John. Je vais réfléchir, c'est promis.

La voiture de John Edwards redémarre dès que j'ai atteint l'entrée de mon immeuble. Ce type est un gentleman jusqu'au bout.

Je suis désormais dans l'ascenseur. Et c'est un moment d'accalmie. Je vais retrouver mon nid.

Une fois dans l'appartement, je reste un quart d'heure sous la douche, avant de passer un peignoir et de m'affaler sur le canapé. Je ferme les yeux. Je profite du silence. Je me repasse le film des événements vécus au cours des derniers jours. Je pense très fort à mon père que j'aimerais tant pouvoir serrer dans mes bras.

Tu me manques, tu me manques tellement…

Alors l'image de ma mère s'impose à moi. La dernière fois que nous nous sommes vues, elle m'a paru si désespérée, si lointaine. Et je commence à comprendre que peut-être ma colère n'a pas facilité notre relation. Je me dis que peut-être… Stop, je préfère ne plus me « dire » !

Il est temps d'agir !

Faire le deuil du malheur et profiter des êtres chers tant qu'ils sont encore là. N'est-ce pas l'essentiel, en fin de compte ?

Elle est triste et seule, elle aussi…

Je décroche le téléphone, mon cœur bat au rythme des impulsions sur la ligne :

– Allô, maman ?

12
UNE DERNIÈRE CHANCE

Je me tiens debout devant la toile de Graham Wilder. Un silence lourd règne dans le salon de la villa de Bel Air en cette fin d'après-midi.

Je ne sais pas ce qui m'a pris. Je me suis réveillée quelques heures plus tôt, éprouvant la certitude qu'il me fallait y retourner. Sans pouvoir me l'expliquer, plongée dans la contemplation de l'œuvre créée par l'émule de Rothko, je me fais la réflexion que le vrai monde de Julian est en partie contenu dans cette toile. Je me souviens de ses paroles le soir de la réception : « C'est de loin ma préférée, Leah. Je l'emporterais avec moi si je devais m'exiler sur une île déserte. » Je repense également aux sentiments qui m'habitaient la première fois que j'ai pénétré dans cette pièce. Mes mains sont moites, je pourrais presque entendre les battements de mon cœur. L'émotion me submerge.

Tant de choses ont changé en cinq jours…

Aujourd'hui, je suis là de mon plein gré… Je ne suis plus la captive de Julian Storm ! Et je ne suis pas venue pour me venger, mais simplement pour comprendre.

– Tu l'aimes vraiment, n'est-ce pas ?

Je sursaute et me retourne.

Seigneur, comment fait-il pour avoir une voix si envoûtante ?

Mon cœur loupe un battement, cela devient une habitude depuis que je connais Julian Storm. Il faudrait peut-être songer à consulter un cardiologue. Il se tient debout face à moi, torse nu, vêtu d'un simple jean qui lui tombe parfaitement sur les hanches. Les muscles de son corps me troublent à tel point que je suis obligée de me mordre la lèvre inférieure pour réprimer un gémissement. Ça devient grave ! Je n'ai jamais été comme ça. Cet homme respire la sensualité, il est… irrésistible.

Et quand il est en moi, je ne suis qu'à lui…

J'efface aussitôt cette image osée de mon esprit. Je me concentre sur chacun de mes gestes pour ne rien lui dévoiler de mon trouble grandissant. Et je lis dans son regard qu'il semble ému de me revoir. Je réponds à sa question en plaisantant :

– Oui, je trouve que c'est pas mal !
– Toujours aussi incorrigible, mademoiselle Windfield ! À part ça, tu es revenue de ton plein gré et… je suis touché.

Il penche la tête de côté et ajoute sur un ton qui me fait craquer :

– À moins que tu ne sois venue pour tenter de me tuer une deuxième fois ?
– Mmm, c'est tentant ! Que me ferais-tu cette fois pour m'en empêcher ?

Il me sourit, des fossettes se dessinent au creux de ses joues carrées rasées de près. Je fais un effort pour ne pas lui sauter dessus et le manger tout cru.

Sans vraiment réfléchir, je lui avoue ce qui me tient à cœur. Je ne peux pas le garder pour moi et je nourris cette certitude qu'il me comprendra.

– Tu sais, Julian, j'ai éprouvé le désir de parler à ma mère hier soir.

Le visage de Julian devient plus grave.

– Alors j'ai pris mon courage à deux mains et je l'ai appelée. Nous avons longuement échangé, c'était la première fois que nous nous disions enfin les choses. C'était à la fois douloureux et délicieux. Et après ça…

Je m'interromps, je me passe une main dans les cheveux et je soupire.

– Après ça, je ne pensais qu'à te rejoindre pour que l'on se dise tout nous aussi. Mais j'étais tellement fatiguée que je me suis endormie. Le matin, au réveil, tu es la première personne à qui j'ai pensé. Alors je me suis habillée, j'ai passé plusieurs heures à tourner en rond, pesant le pour et le contre. Et puis, n'y tenant plus, j'ai fini par admettre que la liste des « contre » n'existait pas au regard des promesses contenues dans celle des « pour ». Et me voilà.

Julian me sourit. Il est visiblement ému par cette marque de confiance dont je viens de faire preuve à son égard en lui racontant ce moment d'intimité mère-fille.

– Et donc, tu aimerais que nous parlions ?

– Oui, Julian, j'ai une question qui cogne sans cesse à mon esprit. Et j'y pense encore plus à cet instant, maintenant que… maintenant que tu as l'air désarmé face à moi.

Julian fronce les sourcils.

– Que veux-tu dire ?

– Je pense à cette photo de toi, tu sais, dans l'album… Avec tes parents…

– Continue, Leah.

Julian affiche une expression à la fois sévère et inquiète. Je n'aime pas trop quand il fait cette tête. D'un autre côté, je peux le comprendre. Je viens de lui avouer que j'ai fouillé dans ses affaires et j'évolue sur un terrain des plus délicats. Mes mains tremblent, mais j'inspire un grand coup et me lance :

– Je me demande pourquoi tes parents sont barrés sur la photo.

Son regard s'assombrit brusquement, ses yeux sont comme un ciel avant l'orage. Cette seule évocation des auteurs de ses jours semble le faire souffrir. J'ai presque mal pour lui.

Tout est là, tout est vraiment là !

Je fais quelques pas vers lui. Mes jambes flageolent, je n'en mène pas large mais je suis déterminée.

– Dis-moi, s'il te plaît.

Il se mord la lèvre inférieure tout en frôlant mon épaule de ses doigts. Je frissonne et je nourris le fol espoir qu'il va enfin me répondre, mais il élude la question à sa manière, me décochant sans prévenir un de ses sourires ravageurs dont il a le secret. Je n'ai pas le temps d'insister car il me chuchote :

– Ce jean te va à ravir. Et j'adore ce chemisier gris. C'est de la soie, n'est-ce pas ?

Il s'approche encore et fait courir ses doigts sur la matière, non loin de la naissance de mes seins.

– C'est déloyal ce que tu me fais, tu sais très bien que j'ai du mal à résister !
– Mmm, de la soie ! gémit-il. Et ce ras-de-cou est très sexy.

Je m'efforce d'adopter une voix neutre pour lui signifier qu'il ne s'en sortira pas comme ça.

– Ne crois pas que je vais lâcher l'affaire, Julian.

Je me trémousse quand même sur place. La façon dont il vient de me faire des compliments m'émoustille. Son timbre de voix est presque comme une caresse intime soulignée par l'intensité de son regard. Je pourrais passer des heures à le regarder parler ! À observer ses belles lèvres dont ma bouche et mon corps conservent un souvenir délicieux. Il passe une main sur son torse en attendant une réaction de ma part. C'est presque indécent tant ce geste est lourd de sens.

Si tu pouvais passer une chemise, ce serait plus facile pour moi !

Je souris de ma pensée. J'aime qu'il remarque tout chez moi. C'est tellement touchant sa façon de noter chaque détail. Il y a comme de l'électricité dans l'air, un courant érotique qui nous relie en continu. Nos regards se cherchent et se provoquent. Il ne se passe rien de physique, mais c'est quand même… torride.

– J'ai une chose à te demander, Leah.
– Je t'écoute.

– Voudrais-tu dîner avec moi ce soir ?

Mon cœur bat fort. C'est la première fois que Julian ne me force pas. J'ai cette fois le choix de répondre par oui ou par non ! J'en profite pour lui prendre la main.

– À une seule condition, monsieur Storm.

Il passe le bout de ses doigts sur mon visage et tout mon corps est traversé par une onde de désir. Je frissonne. C'est complètement dingue l'effet qu'une seule de ses caresses me fait.

– C'est le monde à l'envers, plaisante-t-il. Hier encore tu étais ma captive et aujourd'hui c'est toi qui fixes les règles !

Je me reprends tant bien que mal, réprime un gémissement et chuchote :

– Raconte-moi ton histoire, Julian. S'il te plaît, montre-moi que j'ai eu tort de croire toutes ces choses sur toi. C'est important pour moi… De savoir…
– De savoir quoi, Leah ?
– Ta blessure, Julian, l'origine de cette blessure qui te rend parfois si secret.

Il soupire, mais j'insiste en passant à mon tour une main sur son visage. Mes doigts tremblent sur sa joue si douce.

– Montre-moi le vrai Julian.

Il pose sa main sur la mienne qui caresse encore sa joue. Il prend le temps de bien réfléchir. Ses yeux me scrutent comme s'il désirait sonder mon âme. Comme s'il désirait s'assurer qu'il peut se livrer en toute confiance. Et enfin il m'offre un regard où se lit le désir d'abandon. Je devine à son air qu'il est prêt à lâcher prise. Il attrape un tee-shirt noir posé sur le dossier d'un fauteuil et le passe en soupirant. Cette tenue décontractée lui procure un petit côté bad boy que j'adore.

– Viens, souffle-t-il en me prenant la main.

Nous marchons jusqu'au garage où sont alignés tous ses joujoux mécaniques et nous montons à bord de la Maserati.

Mon cœur s'accélère quand le moteur vrombit. C'est peut-être trivial mais il faut avouer que cette voiture est une tuerie !

Nous empruntons quelques rues avant de rejoindre Mulholland Drive où nous roulons pendant un bon moment. Par les vitres ouvertes, un air tiède me caresse le visage et fait voleter mes cheveux. Je suis assise à côté de Julian Storm, nous sommes tous les deux dans sa voiture de sport et je me sens bien. Je suis sereine. Bercée par le ronronnement envoûtant de la Maserati, je me laisse aller sur l'appui-tête. Je pourrais rouler des kilomètres et des kilomètres à ses côtés. Aller jusqu'au bout du monde s'il me demandait de l'accompagner. Je pressens que Julian est à la fois tendu et serein. Il semble déterminé et, si je ne sais pas où il m'emmène, je comprends qu'il ne va pas tarder à tout me révéler.

Il finit par immobiliser la belle voiture italienne sur un bas-côté, dans les hauteurs de Mulholland. Le coucher de soleil sur la vallée de San Fernando est tout simplement magnifique. Nous sortons et nous nous adossons à la carrosserie de la voiture pour contempler le spectacle.

Alors Julian commence à m'expliquer. J'entends ses déceptions de jeunesse et les mauvaises actions de son père.

– Je l'admirais tellement, Leah. Et puis…

Il hésite, je sais combien il est difficile d'avouer des secrets. À voix basse, j'avance :

– Quelque chose s'est cassé, n'est-ce pas ?

Julian soupire et acquiesce :

– Le mot est faible, Leah. Je venais d'avoir 15 ans et d'un seul coup j'ai découvert tous ses immondes trafics. J'ai alors éprouvé un intense sentiment de trahison. Tu n'imagines pas à quel point mon père m'a déçu.

D'un geste du bras, Julian me désigne la vue sublime qui s'offre à nous :

– S'il avait pu détruire ce paysage grandiose pour récolter quelques millions de dollars, mon père l'aurait fait sans hésiter.

Je me serre plus fort contre lui et le laisse poursuivre :

– Découvrir que son père n'est qu'un requin prêt à tout pour amasser des fortunes est une expérience que je ne souhaite à personne. Si tu tombais sur la liste de toutes les horreurs qu'il a commises dans le domaine de l'immobilier, les merveilles qu'il a détruites, les gens qu'il a expropriés sans vergogne, tu en aurais la nausée.

Il s'interrompt un instant, passe une main dans ses cheveux et ajoute :

– Et c'est ce qui m'est arrivé, Leah ! J'ai eu la nausée au sens propre du terme lorsque j'ai compris à quel point celui que je considérais comme un héros méprisait les autres. Il y avait comme une violence sous-jacente dans le moindre de ses gestes. Et le pire, c'est que mon père se comportait de la même manière avec son entourage, à commencer par ma mère et moi. C'était dur, tu sais…

Je hoche la tête et prends sa main dans la mienne pour lui signifier qu'il peut continuer, que je l'écoute.

J'apprends encore que sa mère a quitté le domicile familial pour suivre un autre homme à peu près à la même époque. Julian a éprouvé alors le sentiment d'être abandonné par les deux personnes qui étaient les plus chères à son cœur. Il s'est retrouvé à grandir aux côtés de son père pour lequel il n'éprouvait plus la moindre estime. Leur quotidien se résumait alors à se croiser de temps à autre dans la maison familiale de New York.

– J'ai appris à vivre seul, à ne plus faire confiance à quiconque. Je me suis fermé à tout et la notion d'amour est devenue un concept auquel je n'arrivais plus à croire. J'avais trop peur d'être à nouveau déçu et de tout perdre encore une fois. Je me suis réfugié dans les études pour trouver ma voie. Je ne voulais surtout pas marcher sur les traces de mon père. Les activités du groupe que j'ai créé par la suite n'ont strictement rien à voir avec les siennes.

Plus Julian me parle, plus je comprends qu'il n'est absolument pas ce milliardaire sans cœur que j'imaginais. Et quand il m'explique avec des mots simples qu'il n'était pas au courant pour le rachat de la galerie, je sens mon cœur se serrer. Je le crois d'emblée tant il est sincère dans sa confession. Et je m'en veux d'avoir agi de manière si irréfléchie. Julian précise qu'il a fait des recherches et qu'il a découvert que son oncle est à l'origine de cette opération sauvage. Il ajoute avec un petit air de reproche :

– Il faut parfois savoir se garder de juger quelqu'un sur le nom qu'il porte. Les Storm sont nombreux, c'est une grande famille et je n'en suis qu'un maillon.

Je hoche la tête, je serre sa main dans la mienne un peu plus fort tout en perdant mon regard dans le paysage de San Fernando.

– Je suis désolée, Julian. Si tu savais comme je me sens stupide d'avoir agi ainsi.

Il presse ma main à son tour, l'air de dire : « On s'en fiche, c'est le passé. »

Je ne peux pas me retenir d'ajouter :

– Mais avoue quand même que tu aurais pu m'expliquer tout cela depuis le début.
– Non, Leah. Je ne suis pas comme ça. Je voulais que tu n'écoutes que ton cœur. Je désirais que tu comprennes tout de façon naturelle. Que ce soit dans mon regard, mes gestes ou mes attentions.
– Et si je n'étais pas tombée sur ton album, m'aurais-tu parlé de cette photo ?

Julian s'éclaircit la voix et je devine comme un sourire dans son intonation.

– J'ai laissé cet album en évidence pour que tu tombes dessus, Leah. Je comptais sur ton petit côté fouineur pour que tu aies suffisamment envie de l'ouvrir et de découvrir ce qu'il renfermait.

Je suis surprise, mais je fais comme si de rien n'était. Julian se moque gentiment de moi mais je ne peux pas lui en vouloir. Je souris et je chuchote :

– J'avoue, je suis un peu « fouineuse », comme tu dis. Si tu savais d'ailleurs le nombre de combinaisons que j'ai pu tenter en vain afin de pénétrer dans ton ordinateur.

Julian tourne la tête et m'embrasse la tempe à la dérobée, avant de fixer à nouveau son attention sur le soleil qui descend sur la vallée. On dirait une montgolfière d'or et de feu.

– J'ai quelques secrets supplémentaires à t'avouer.

Julian ne parle pas souvent mais quand il s'y met, on peut dire que ça ne rigole pas.

– Je suis impatiente de les connaître, monsieur Storm.

Il porte ma main à ses lèvres pour l'embrasser, avant de se lancer :

– Je suis ton travail depuis le début, Leah.

Je me tourne vers lui, fébrile :

– Quoi ?
– J'étais présent à tous tes vernissages. En vérité dès que j'ai vu ta toute première toile, *Ne m'oublie jamais*, j'ai compris que je voulais te rencontrer, que je ne pourrais jamais… t'oublier. Ton travail me fascinait. Je n'ai pas souvent ressenti un tel choc visuel.

Je suis abasourdie. Et j'ai sûrement les yeux écarquillés. Je m'attendais à tout sauf à ça. Je repense soudain à la façon dont le visage de Julian s'est éclairé quand il a découvert ma présence à la réception dans son parc. Cette impression qu'il avait l'air heureux de me voir. Je m'étais alors raisonnée en me disant que je me faisais du cinéma.

Alors que c'était vrai ! Il était heureux de me revoir !

Au fond de moi, je suis fière et touchée qu'il évoque ainsi mon travail en peinture. Et puis, cette façon de dire qu'il pense à moi depuis longtemps me comble.

Julian Storm me suit depuis mes débuts, c'est dingue !

Il se tourne vers moi. Je reste adossée à la portière de la Maserati tandis qu'il pose ses larges mains sur mes épaules. Je frissonne à leur contact et j'attends la suite.

– Mais je ne savais comment m'y prendre ! Tu étais jeune, libre, j'étais occupé par mes affaires, enfermé dans ma solitude. Alors le jour où tu es apparue dans mon champ de vision, ce fameux soir dans le parc, j'ai compris d'emblée qu'il fallait que je te retienne d'une manière ou d'une autre.

– Tu veux dire que…

– Chut, laisse-moi finir, princesse. Tu m'as servi l'occasion sur un plateau. J'en étais encore à chercher le meilleur moyen de te garder près de moi quand tu as braqué cette arme sur moi.

Il accentue délicatement sa pression sur mes épaules en souriant, je le regarde sans rien dire tout en savourant le contact chaud de ses paumes.

– Une fois remis de ma surprise, j'ai trouvé la solution ! Je te jure que j'ai failli sauter en l'air quand m'est venue l'idée géniale du scénario des caméras de surveillance.

Ces mots ont sur moi l'effet d'un électrochoc.

Le scénario des caméras de surveillance ?

Je n'arrive pas à formuler les questions qui se bousculent dans mon cerveau. De toute façon, c'est inutile car Julian me balance la réponse que j'attends en tremblant de tous mes membres.

– Ces caméras n'ont rien enregistré, Leah !

Il arrive que l'expression « être sur le cul » prenne d'un seul coup tout son sens. C'est exactement ce qui se produit pour moi à cet instant.

– Tu veux dire qu'il n'y a pas d'images de mon agression dans ton ordi ?

Il acquiesce, l'air un peu gêné, même s'il n'arrive pas à dissimuler le petit sourire qui naît à la commissure de ses lèvres.

– Elles sont factices, Leah. J'ai demandé à une entreprise de les installer sur les conseils de John. Il prétendait que cela pourrait dissuader d'éventuels curieux de passage. Mais ma villa n'est pas Fort Knox !

Merde alors, il m'a bien eue !

Vexée par cette supercherie, je pivote sur les talons et décoche une série de petits coups sur le torse de Julian. Il fait semblant d'avoir mal et je réprime à grand-peine une soudaine envie de rire. Si j'ai un peu honte de m'être laissée berner, je suis impressionnée qu'il ait réussi à me faire croire à un tel scénario. Fidèle à mon caractère, je formule en pensée une liste bien sentie de noms d'oiseaux à son intention mais je sais pertinemment que je suis en train de me révolter pour la forme. En fait, je suis soulagée de connaître enfin la vérité et je comprends que je ne vais pas résister longtemps au regard brûlant de Julian. Je m'exclame quand même en faisant mine d'être outrée :

– Espèce de psychopathe d'opérette, tu m'as vraiment prise pour une idiote, hein ? Tu n'es qu'un odieux manipulateur, tu, tu…

Je ne trouve plus les mots et je ne dois pas être très crédible car Julian éclate alors de rire. Il me bloque les bras dans le même temps et plaque ses lèvres sur les miennes. Nos bouches s'entrouvrent, nos langues se rencontrent. Et je me laisse faire. Je me love dans ses bras. Naturellement. Mon cœur cogne fort sous ma poitrine, c'est comme un premier baiser avec un amoureux rencontré à la sortie de l'école. C'est une longue étreinte toute tendre et tellement évidente. Nous nous relâchons et c'est comme si le fait d'avoir enfin parlé à cœur ouvert nous rendait plus légers.

Nous retournons à la villa sans échanger un mot. Sting chante « Seven Days » et je me sens bien. De temps à autre j'observe le profil de Julian et je me dis que la vie est belle.

Nous dînons aux chandelles en tête à tête au bord de la piscine. Nos échanges me conduisent à penser que nous sommes faits l'un pour l'autre. J'ai vécu quelques histoires mais je n'ai encore jamais connu le grand amour. À l'instar de Julian je me suis toujours protégée. Je m'en rends compte au fil des mots.

Je repense à nos moments de sexe si intenses et incroyables. Et j'en veux encore et toujours. Mais ce n'est pas uniquement pour cette raison que j'aime tant être avec lui. Je suis en train de comprendre que c'est tout bonnement parce qu'il a la même soif de vivre que moi, le même désir d'effacer les blessures, d'oublier les douleurs du passé et de se donner à fond sans tricher.

Ne plus avoir peur, être en confiance. Voici ce qui ressort de nos paroles mêlées.

J'ai l'impression que nous sommes complémentaires, qu'il est mon alter ego…

Cette pensée me bouleverse d'autant plus que j'ai l'impression d'être le sien.

Nous sommes fatigués. Toutes ces émotions nous ont plutôt remués. Au moment de nous lever, je dis à Julian :

– Je crois que tu devrais essayer de renouer avec ta mère. Il faut vraiment profiter des gens tant qu'ils sont là, tu sais. Et savoir leur pardonner.

Julian acquiesce.

– J'en ai éprouvé le désir quand tu m'as parlé de ta mère et du moment que tu avais passé avec elle. J'ai pensé à ma famille et je me suis dit que l'heure avait sonné d'effacer les croix sur la photo. Et je veux qu'ils te connaissent, leur montrer vers quoi ils m'ont conduit.

C'est beau ce qu'il vient de dire. Je ne trouve pas les mots, je me contente de me noyer dans son regard. Il me prend la main et murmure :

– Il est l'heure d'aller dormir, princesse.

Dans le couloir qui conduit à ma chambre, je découvre une série de tirages encadrés et j'en ai le souffle coupé. Je suis stupéfaite de découvrir que je suis le sujet de toutes ces photos. Elles datent de ce fameux soir où j'ai défilé pour lui, mais ce ne sont pas celles que j'avais visionnées avec lui. J'interroge silencieusement Julian du regard.

– J'ai sélectionné quelques images issues de la mémoire interne de l'appareil.
– Tu veux dire que…
– Oui, j'ai un peu triché !
– Tu es un sacré manipulateur, dis donc.

Julian sourit. Je fais mine d'être fâchée mais je suis surtout impressionnée.

– Quand on y réfléchit, c'était pour la bonne cause. Mais si elles ne te plaisent pas…

– Stop, tais-toi, espèce de baratineur ! Elles sont magnifiques !

Ce qui m'émeut surtout dans ces clichés c'est que l'on peut y deviner l'ampleur de l'amour ressenti par Julian. Avec un œil tout particulier, il a su saisir ce qu'il y a de plus profond en moi. Une photo me bouleverse tout particulièrement. C'est un gros plan de mon visage, une mèche de cheveux cache un de mes yeux, un sourire venu de je ne sais où dévoile mes dents blanches et j'ai l'impression de voir une image du bonheur pur. Je pourrais affirmer que je n'ai jamais souri ainsi depuis que mon père est mort.

– Elles te plaisent vraiment, alors ?

Je hoche la tête, les découvrant une à une en silence. J'ai l'impression de me voir pour la première fois, de découvrir une autre en moi et sans doute un peu cette inconnue que je rêve d'être depuis toujours.

– Tu sais, je serais ravi de les exposer aux yeux du monde. Je connais une galeriste qui me tanne depuis longtemps à propos de mon travail en photo.

À cette évocation, j'éprouve un pincement au cœur. Je réponds tendrement :

– Il faut que tu exposes ton travail, Julian, mais ces photos de moi sont à nous. Les clichés que j'ai vus le premier soir seraient parfaits pour ta galeriste.

Julian acquiesce.

– Nous verrons cela en temps et en heure.

Devant la porte de ma chambre, il m'embrasse en me chuchotant :

– Quoi qu'il en soit, tu n'es plus ma captive, tu es vraiment libre, Leah. Si tu veux toujours de moi demain, alors je t'emmènerai là où je dors chaque nuit en rêvant de quelqu'un comme toi.

Je me colle contre lui et tente de l'embrasser mais il m'en empêche avec douceur :

– Non, Leah, pas ce soir !

Je soupire :

– Mais pourquoi ?

Il me chuchote naturellement :

– Il est parfois bon de ne pas se précipiter, de se laisser le temps de la réflexion.

Je m'exclame sans réfléchir :

– Au secours, une vierge effarouchée a pris possession du corps de Julian Storm !

Son rire me colle des frissons, puis il ouvre la porte et recule d'un pas.

– Allez, dors bien, rêve fort, princesse.

Pfff, c'est trop injuste.

– Tu ne m'en veux pas, j'espère ? demande-t-il à voix basse.

Pour garder une certaine contenance, je lui réponds négligemment :

– Non, Julian ! D'ailleurs, maintenant, je n'ai plus vraiment la tête à ça !

En vérité, je rêve de l'attirer tout de suite sur le grand lit de ma suite pour le dévorer, mais pas question de le montrer. J'ajoute quand même, comme pour être rassurée :

– Est-ce que je suis assez jolie ce soir ?

Julian secoue la tête en se mordant la lèvre inférieure. J'insiste en minaudant :

– Allez, dis-moi au moins comment tu me trouves ?

Un sourire à tomber se dessine sur ses lèvres ourlées.

– Pas mal ! répond-il en m'adressant un clin d'œil ravageur.

4-0, la balle au centre ! Bien joué, monsieur Storm !

Je lui offre un dernier sourire et je rejoins mes appartements à contrecœur. Je m'endors en pensant à ses paroles, je frissonne sous la couette à l'évocation de son sourire ravageur. Il y avait ce mélange d'assurance et de délicatesse dans sa façon d'être avec moi. Je me sens apaisée. Je connais enfin le vrai Julian. Bien sûr j'ai encore peur que tout cela ne s'effondre. Malgré mon manque d'expérience en la matière, je sais que le bonheur est fragile, qu'il ne faut pas trop s'emballer. Je m'endors avec une pensée qui se répète en boucle :

C'est notre dernière chance… c'est notre dernière chance…

13
COMME SI C'ÉTAIT LA PREMIÈRE FOIS

Quand mes yeux s'ouvrent, je me sens complètement détendue et reposée. J'ai fait des tas de rêves étranges. Dans l'un d'eux, Julian et moi roulions dans la Maserati jusqu'au pôle Nord. Nous ne connaissions pas la fatigue. Nous ne nous arrêtions jamais. C'était un plaisir de chaque seconde.

Je m'étire sous la couette au parfum de linge frais, gémis de plaisir, me redresse sur les coudes et remarque alors un immense paquet posé contre l'une des cloisons de ma chambre.

Je bondis hors du lit comme un cabri et déballe l'imposant objet. Et je crois m'évanouir en découvrant… la toile de Graham Wilder. Un mot accompagne ce présent inestimable. Sous ma poitrine se joue un solo endiablé de batterie et je commence à lire :

« *Quoi qu'il arrive, Leah, que tu entres dans ma vie*

ou que tu décides d'en sortir, cette œuvre de Wilder est pour toi. Elle te ressemble, elle est lumineuse et magnifique. Et si je devais partir un jour seul sur une île déserte, c'est le souvenir de toi que j'emporterais…

Julian. »

Cet homme est fou…

Je me précipite hors de la pièce pour aller retrouver Julian. Je le cherche partout… Il n'est pas là ! Je croise enfin Katia qui me rassure en m'expliquant que Julian s'est absenté pour la journée mais qu'il sera de retour pour le dîner.

– Tout va bien, Leah ? demande-t-elle avec douceur.

Il faut avouer qu'avec ma nuisette, mes cheveux décoiffés et mes yeux illuminés je dois avoir l'air d'une folle. Je me recoiffe un peu et je la rassure.

– Oui, Katia, ça va vraiment bien. Vous savez où est parti Julian ?

Elle hausse les épaules et son sourire me bouleverse. Je ne peux pas me retenir de la prendre dans mes bras, avant de lui administrer un baiser sonore sur la joue. Elle rit et passe une main sur ma tête dans un geste protecteur.

– Je suis heureuse pour vous. Installez-vous dehors, je vous apporte du café.

Au bord de la piscine, je découvre mon plateau de petit déjeuner. Katia me dépose une cafetière fumante et me souhaite une belle matinée. Je lui renvoie un de mes plus beaux sourires. J'en ai mille en réserve aujourd'hui. Je pourrais organiser un festival !

Elle est déjà sublime, cette matinée…

Une feuille est posée sur la table avec un CD dans son boîtier posé par-dessus pour qu'elle ne s'envole pas. Julian y a tracé quelques mots d'une écriture aérienne.

Je caresse les caractères sur le papier blanc et je lis :

« *Je pense que nous irions bien ensemble, princesse. Seras-tu près de moi ce soir et tous les autres soirs de la vie ?*

Julian.

P.-S. : Tu peux écouter la petite compilation que je t'ai préparée. Elle est à l'image de tous les instants que nous pourrions partager.

P.-S. 2 : Avec toi, Leah, j'ai l'impression que ce pourrait toujours être comme si c'était la première fois… »

Le sens des mots de Julian m'émeut au plus haut point.

Je bois mon café en me projetant dans l'avenir et tout ce que j'y découvre est absolument délicieux. Je m'étire sous les caresses du soleil. Je décide d'aller prendre une douche et de m'habiller. Vêtue d'une robe rouge très courte et de sandales fines à lanières, je retrouve mon vieux break Volvo que j'avais laissé à l'entrée la veille.

En route vers Silver Lake, j'écoute la compilation de Julian. Rien que des morceaux sublimes que j'adore et qui me font penser à lui. Il y a l'incontournable Alicia Keys, mais aussi le « Seven Days » de Sting, ainsi que Pharrell Williams et son « Happy » qui me donne envie d'arrêter le Volvo sur le bas-côté et de danser sur le capot.

Je roule bercée par la musique et j'ai la sensation que Julian sent tout en moi, devine le moindre de mes désirs et interprète chacun de mes rêves les plus fous. C'est presque trop tellement c'est bon. Et ça me fait même un peu peur.

Je me gare enfin et je passe un coup de fil à Mary pour prendre de ses nouvelles. Mon amie me dit qu'elle va bien, qu'elle se remet tout doucement. Elle m'annonce dans la foulée qu'elle a un double appel et promet de me recontacter un peu plus tard. Je raccroche et j'entre dans le petit immeuble où se niche mon atelier.

Une fois dans la place, les effluves d'huile et de térébenthine me transportent.

C'est fou ce que ça m'a manqué !

Je me dirige dans un coin de l'atelier et j'y ouvre sans hésiter un placard fermé depuis longtemps. Ça me fait bizarre d'y retrouver ce que j'y ai caché. Une chape de plomb pèse d'un seul coup sur mes épaules. Je me reprends et j'adresse un texto à Julian :

[Ta captive t'attend à l'adresse suivante…]

Quand Julian me rejoint enfin, il remarque tout de suite que j'ai les yeux rougis. Il me demande avec tant de douceur si tout va bien que cela me donne envie de pleurer à nouveau. Je remarque son costume noir taillé sur mesure. Sa chemise gris foncé sans cravate. Il est d'une élégance incomparable. Ses cheveux sont un peu décoiffés, il est carrément charmant. Si je ne le connaissais pas, je postulerais sans hésiter pour devenir sa secrétaire particulière.

– Pourquoi tu as pleuré, Leah ?

Je réponds sans hésiter, je n'ai rien à cacher.

– Tout est enfin sorti, Julian, c'était incontrôlable et ça m'a fait du bien.

Je lui parle de ce « tout », de ma colère intérieure, de mon manque atroce depuis la mort de mon père. De ma tristesse de m'être tellement éloignée de ma mère. Je lui avoue comme j'ai peur de la vie, d'être toujours abandonnée. Je m'éclaircis la voix et j'ajoute :

– Je n'ai pas envie de n'être qu'une poupée entre tes bras.
– Mais…
– Chut, laisse-moi finir, s'il te plaît. J'ai peur de tout ça

mais c'est également toi qui m'as redonné envie de croire en l'impossible, même si…

– Même si quoi, Leah ?

– Même si je ne suis pas sûre de ce que tu attends vraiment de moi. Et tu vois, je sais que je ne supporterais pas de m'abandonner enfin, de t'aimer pour te perdre un jour. Tout est tellement trop chez toi. Tes gestes, tes sourires, ta voix, ta façon de me donner du plaisir. Et si tu savais comme j'aime quand c'est « trop », parce que… je n'en ai jamais eu assez jusqu'ici.

Je m'interromps un instant et passe une main sur sa joue. Je me mords la lèvre inférieure pour contenir mon émotion.

– Je t'écoute, princesse, chuchote-t-il.

Oui, appelle-moi toujours comme ça, je t'en prie !

Je le regarde dans les yeux comme s'il risquait de disparaître d'un instant à l'autre. J'ai tellement peur de ça. Je peux me donner, je peux tout donner, mais je serais trop malheureuse si je devais le perdre. Cet homme est en passe de devenir ma raison de vivre. Je m'accroche à son regard.

– Si je devais être à nouveau en manque, aurais-tu toujours un peu de « trop » à m'offrir ?

Les yeux de Julian brillent. Il hoche la tête, visiblement incapable de s'exprimer dans l'immédiat. Je le trouve encore plus craquant quand il est comme ça. Et je sais à cette seconde même que je l'aime comme une folle. Et le plus incroyable c'est que je pourrais presque affirmer que c'est réciproque. Julian se reprend, s'approche de moi et replace une mèche derrière mon oreille. Il passe une main dans ses cheveux et murmure à quelques centimètres de mes lèvres :

– C'est pareil pour moi, Leah. Si tu savais. J'ai l'impression de te connaître depuis toujours.

Julian s'interrompt, visiblement ému, puis il enchaîne :

– Je voulais aussi te dire que j'adore cette robe courte, elle épouse tes formes à la perfection. Et tes épaules nues sont à croquer.

Je souris en lui pinçant le menton et je le taquine un peu :

– Pour faire genre « j'assure, je suis un mec », tu passes direct en mode diversion coquine, hein ?

Julian fronce les sourcils en caressant ses lèvres de l'index et je me dis que lui aussi est à croquer.

Je me colle contre son torse et il m'enlace. Une vague de chaleur me parcourt des mollets jusqu'aux reins. Nous restons un long moment sans rien dire, puis je me détache de lui et désigne un coin de l'atelier où j'ai préparé quelque chose à son intention.

– Soulève ce drap, Julian.

Julian s'exécute et il ne peut retenir une exclamation lorsqu'il découvre l'objet caché par le drap en question. Il se prend la tête entre les mains, recule de quelques pas.

– C'est… c'est ta toute première toile, n'est-ce pas ?

J'acquiesce : *Ne m'oublie jamais.*

– C'est incroyable ! Je l'ai vue lors de ta première exposition, j'ai voulu l'acquérir mais la galeriste m'a dit que ce n'était pas la peine d'y penser, prétextant qu'elle n'était pas à vendre.
– Je ne l'ai jamais vendue, Julian. Je l'avais offerte à mon père. Après sa mort, je l'ai enfermée dans ce placard, ça me faisait trop mal de la voir.

Julian passe une main sur la surface de la toile. J'adore la façon dont il le fait. J'ai presque la sensation que c'est ma peau qu'il découvre.

– Tu n'imagines pas à quel point je suis heureux de la revoir !

Si, j'imagine très bien, monsieur Storm, ça se voit dans l'éclat de tes pupilles…

– Elle est pour toi, Julian. C'est ma réponse à ton merveilleux cadeau de ce matin.

Mon portable vibre soudain dans mon sac.

C'est un SMS de Mary.

[Je suis sortie de l'hôpital ! Viens me chercher, j'ai quelque chose à te dire. Et ensuite, je propose un restaurant avec Julian et John. Qu'en dis-tu ? Bisous.]

J'en dis que je suis d'accord !

Je tape ma réponse à la hâte :

[J'en parle à Julian pour qu'il prévienne John. Quoi qu'il en soit j'arrive dans dix minutes. Super heureuse de te retrouver. Bisous.]

J'explique à Julian que je suis désolée mais que je dois aller chercher Mary. Et je lui propose de joindre John pour organiser un dîner en début de soirée dans un petit restaurant de Los Angeles.

Je me dresse sur la pointe des pieds, l'embrasse passionnément et disparais.

Au moment de passer le seuil de l'atelier, je lui lance sur un ton enjoué sans me retourner :

– Tu n'as qu'à claquer la porte en repartant.

Je roule dans les rues de Los Angeles, cap sur l'hôpital où Mary m'attend.

Je repense à cette lumière qui brillait dans les yeux de Julian quand il a découvert la toile. Le même regard admiratif que mon père à l'époque où je la lui avais offerte, peu de temps avant sa mort. Je serre le volant du Volvo et je sais que ces deux instants particuliers resteront à jamais gravés dans ma mémoire. Je fredonne sur l'air de « Stairway To Heaven », l'un des titres de la compilation de Julian.

J'ai tellement l'impression de les grimper ces escaliers…

14
LES COPAINS D'ABORD

Le bras dans le plâtre, Mary m'attend en souriant près d'une ambulance sur le parking des admissions. J'ouvre la portière côté passager pour qu'elle puisse me rejoindre.

– Bienvenue à bord, jolie poupée !

À peine installée à mes côtés dans le break, elle m'embrasse sur la joue et me lance :

– Démarre, *darling*, je dois t'avouer quelque chose.

Mes mains se crispent sur le volant. Je suis toujours un peu nerveuse quand on m'annonce ce genre de chose. Je fais mine d'être néanmoins parfaitement détendue.

– Je t'écoute, Mary.

Elle semble hésiter un instant avant de se lancer :

– En fait, j'étais libre le soir de la réception de Julian, Winston n'arrivait que le lendemain matin !

Je me mords la lèvre inférieure et je lui jette un bref regard avant de me concentrer sur la conduite :

– Qu'est-ce que tu essayes de me dire ?
– J'ai fait ça pour Julian.

Mary parle de Julian comme si elle le connaissait. Je me rappelle soudain cette facilité de contact entre eux, le jour où nous étions réunis tous les quatre avec John dans la chambre d'hôpital. Sur le moment ça ne m'avait pas frappée plus que cela, j'avais la tête ailleurs. Oh, ce n'était pas grand-chose à la réflexion, mais il y a eu un ou deux regards et quelques sourires… Presque de connivence… Un léger malaise s'empare de moi.

– Sois plus claire, Mary. Tu es en train de me dire que tu connais Julian ?
– Pas tant que ça, Leah. Simplement j'étais nulle en maths à l'école. À tel point que mes parents ont dû recourir aux services d'un professeur particulier. Et il se trouve que celui-ci n'était autre que…

Julian a été le professeur particulier de Mary, merde !

– J'hallucine, Mary, je…

Je m'interromps parce que je ne sais vraiment pas quoi dire.

– C'était un très bon prof, poursuit mon amie. Il était déjà très beau et je ne te cache pas que j'ai parfois rêvé qu'il me donnait des cours plus approfondis.

Malgré moi, c'est sûrement nerveux, je suis prise d'un fou rire qui contamine Mary et nous rions toutes les deux un long moment sans pouvoir nous calmer. Quand elle est à nouveau en mesure de parler, elle reprend son récit :

– Bref, tout cela pour dire que tu ne t'es pas retrouvée par hasard à cette réception. Il y a de ça deux mois, j'ai croisé Julian dans une librairie de la ville. Il feuilletait des ouvrages d'art.

J'imagine Julian dans une librairie en train de compulser les pages d'un livre sur la peinture. J'envie presque Mary d'avoir vécu ce moment.

– Je l'ai tout de suite reconnu, continue-t-elle. Je l'ai remercié pour ma mention à mon examen d'université. De fil en aiguille, nous nous sommes retrouvés à boire un café dans un Starbucks des alentours. Nous avons parlé de choses et d'autres.

J'essaie de me représenter ma meilleure amie et Julian face à face en train de boire un café. J'éprouve un insidieux sentiment de jalousie. Je sais que c'est stupide, mais on est toujours un peu bête et susceptible quand on tient à quelqu'un. On rêve d'exclusivité. Je me calme et j'écoute Mary qui me raconte son entrevue surprise avec *mon* Julian.

– Il était sympathique et souriant, mais il semblait également triste, presque blasé. Jusqu'au moment où le hasard a voulu que je prononce ton nom.

Je m'accroche au volant en attendant la suite.

– Son regard s'est soudain allumé, Leah. C'était vraiment dingue, comme si…

– Qu'est-ce que tu racontes ? Si c'est une blague, ce…

– Chut, ce n'est pas une blague, ma chérie. J'ai eu l'impression qu'il venait de se coincer le doigt dans une prise. Il était quasi survolté. Il s'efforçait de garder le contrôle mais c'était apparemment au-dessus de ses moyens. Il m'a aussitôt demandé si je parlais de la jeune peintre qui commençait à exposer dans certaines galeries. J'ai confirmé et c'est alors qu'il m'a tout raconté, son coup de foudre pour ton travail et peu à peu son… obsession pour toi. Et tu sais quoi, Leah ?

– Non, non, à vrai dire je suis un peu dépassée par les événements.

– Eh bien, plus il me parlait, plus j'avais l'impression de me retrouver face à un adolescent transi d'amour.

Mes mains se crispent un peu plus encore sur le volant.

– Arrête le film, tu veux ?

Le ton de Mary se fait plus insistant.

– Je suis sérieuse, *darling* ! Ça m'a fascinée. Je lis régulièrement les journaux et je connaissais sa réussite, sa fortune… et son succès auprès des femmes.

Ça, ça me plaît beaucoup moins.

– Ce type avait tout et pourtant il semblait soudain riche de pouvoir parler de toi avec moi. Entre nous, c'était même un peu vexant !

J'esquisse un sourire en attendant que Mary me raconte la suite de leur conversation. J'ai comme un étrange pressentiment.

– C'est là qu'il m'a proposé cette étrange histoire d'invitation que je devais recevoir, avant de prétexter un empêchement pour te la refiler.

Non !

Je n'en reviens pas ! Je suis très partagée. À la fois fascinée et agacée de constater qu'il y a toujours un petit mensonge qui traîne quelque part, comme si tout en fin de compte n'était jamais que supercherie. J'ai la sensation d'avoir été manipulée. Et je déteste ressentir cela. Ma voix tremble un peu.

– Mais pourquoi il ne m'a rien dit ? Pas plus tard que tout à l'heure, nous en étions encore aux confessions. Merde, c'est…

– Calme-toi, c'est moi qui lui ai demandé de ne rien dire. Je voulais te l'annoncer moi-même. Je ne savais pas comment t'en parler. J'ai failli tout avouer le jour où tu es arrivée à l'hôpital. Et le courage m'a manqué. De ton côté, tu restais toi-même assez secrète, je ne savais plus sur quel pied danser.

Je soupire et hausse les épaules. Je n'ose pas la regarder, je me concentre simplement sur la circulation. Mary pose une main sur mon épaule.

– Une chose est sûre, crois-moi, c'est que je savais que Julian ne te ferait aucun mal.

Je retiens un rire mauvais. De la part d'une fille qui se fait battre par son petit ami, c'est assez comique. J'ai aussitôt honte d'avoir formulé une telle pensée. Je me mords la lèvre inférieure et pose ma main sur celle de Mary. Je l'aime tellement. Et je sais qu'elle a raison. Ce que Julian a fait pour la protéger de Winston est une preuve supplémentaire de ses bonnes intentions. Il a agi en souvenir de leur relation alors qu'elle n'était qu'une simple étudiante.

Mary passe une main dans mes cheveux. Je devine qu'elle me regarde avec insistance quand elle me demande :

– Tout va bien, Leah ? Tu m'en veux ?

Je secoue la tête. Je m'efforce de calmer le tremblement de mes mains sur le volant.

– Je digère, Mary. Je sais que Julian t'a aidée par amitié. Je sais que c'est quelqu'un de bien. Mais il s'est passé tant de choses ces derniers jours, alors je suis un peu… fatiguée.

J'immobilise le Volvo le long d'un trottoir et coupe le contact. D'une part, force m'est d'avouer que je ne pourrais jamais en vouloir à Mary de m'avoir placée sur le chemin de Julian. Et mieux encore, je serais prête à la remercier d'avoir fait ça ! D'autre part, il est temps que moi aussi je sois honnête avec Mary. Je me tourne vers elle et je me lance :

– C'est un peu ma faute aussi ! Je t'ai parfois parlé de mon père, de notre galerie, mais jamais de Julian Storm.

Mary me décoche un regard surpris.

– Je ne voulais pas aller à cette soirée, mais quand j'ai su le nom de l'organisateur, j'ai compris que je tenais peut-être une chance de rencontrer le Storm qui avait fait tant de mal à ma famille. Mais ça, tu ne pouvais pas le savoir.
– De quoi tu parles, là ? s'exclame-t-elle.

Je réponds calmement :

– Je connaissais Julian Storm de réputation, je savais que c'était lui qui avait racheté la galerie de mon père. Enfin, c'est que je pensais jusqu'à aujourd'hui.
– Pourquoi tu ne m'as jamais parlé de ça ? s'emporte Mary. Je suis ton amie, non ?

À son ton et à son regard, je peux deviner que mon amie est blessée.

– Ne m'en veux pas, je suis secrète, je suis comme ça depuis toujours.

Mary pianote de ses ongles sur le plâtre de son bras cassé. Elle semble à son tour dépassée.

– Mais alors Julian aurait pu me parler ! Il n'a pas un seul instant évoqué ce fait quand nous nous sommes rencontrés à la librairie ! Pourquoi ?
– Tout simplement parce qu'il ne savait pas, Mary ! Il n'avait strictement rien à cacher.

Mary émet un petit gémissement qui me donne presque envie de sourire.

– C'est une histoire de fous !

Je m'éclaircis la gorge. La pauvre n'est pas au bout de ses surprises. Ce que je m'apprête à lui annoncer risque fort de la laisser sans voix.

– Julian ne t'a apparemment pas non plus raconté le plus incroyable !
– Quoi encore ?
– Il ne t'a pas parlé du pistolet, n'est-ce pas ?

Mary recule légèrement comme pour prendre de la distance et analyser la situation. Elle doit se demander si je suis devenue folle.

– Quel pistolet ?
– Le pistolet qui appartenait à mon père !

Mon amie se prend la tête entre les mains. Ça doit se bousculer dans son cerveau.

– J'ai visé Julian avec le pistolet, le coup est parti !
– Qu'est-ce que tu racontes ?!
– Le fameux soir où tu m'as donné l'invitation, j'ai pris le vieux pistolet de mon père. Je voulais lui faire peur, tu comprends ? Je le pensais responsable de tout. C'était une balle à blanc, je l'ai blessé à l'épaule. Et c'est là qu'il m'a proposé un arrangement : rester sept jours à ses côtés pour apprendre à se connaître, disait-il.

Mary ne tient plus en place, j'ai l'impression qu'elle est au bord d'imploser.

– Et pourquoi tu ne m'as pas téléphoné tout de suite ? Pourquoi as-tu accepté sa proposition ?

Je hausse les épaules et lui explique aussi clairement que possible :

– Pour la « proposition » comme tu dis, je n'avais pas le choix. Les caméras de surveillance avaient filmé ma tentative d'homicide. Soit j'acceptais, soit il me remettait entre les mains de la police. Bref, c'était un tel bordel que je n'ai pas voulu t'inquiéter.

Mary demeure un long moment silencieuse, avant de passer sa main valide sur mon visage.

– C'est du pur délire ton histoire !

J'acquiesce tandis qu'elle ajoute sur un ton assez dur :

– À part ça, tu es complètement dingue, sérieusement ! Si j'avais pu deviner une chose pareille, je serais venue te chercher !

Je hoche la tête. Je suis certaine qu'elle l'aurait fait.

– J'étais surtout complètement désespérée, Mary. Et si triste. Je voulais lui faire peur, je n'avais pas l'intention de le tuer.
– Première bonne nouvelle, lâche-t-elle en soupirant.
– Tu sais, Mary, j'en bave depuis des années. Et je suis toujours malheureuse. Alors je n'ai pas réfléchi, je…

Incapable de continuer, je me laisse aller à pleurer silencieusement et je remets le contact, avant de m'accrocher au volant comme si c'était une bouée de sauvetage. Mary m'arrête en attrapant ma main qu'elle serre très fort dans la sienne.

– Chut, ne pleure pas. Ou plutôt pleure, mais ne démarre pas tout de suite. C'est dangereux de conduire avec les larmes aux yeux. Il y a déjà eu un accident de tir, une femme battue, on ne va pas ajouter un crash routier à la liste !

Je souris derrière mes larmes. Je me sens mieux d'avoir tout raconté à Mary. Et je sais qu'entre nous deux, le beau temps revient toujours. Il y a déjà comme une éclaircie dans nos regards.

– En tout cas, ajoute mon amie sur un ton à la fois doux et amusé, on peut dire que tu m'as bien eue !

Je lui adresse un clin d'œil en serrant fort sa main dans la mienne.

– Je suis sicilienne, je suis pleine de surprises.

De sa main valide, Mary m'ébouriffe les cheveux en riant :

– Ça, c'est sûr ! Mais quand même, je me demande pourquoi Julian ne m'en a pas parlé quand il a compris que tu avais voulu le punir à cause de ça.

J'esquisse un geste d'impuissance.

– Je ne sais pas vraiment, Mary. Il a dû penser que tu n'avais pas besoin d'être mêlée à cette drôle d'histoire. Il avait peut-être également peur que tu n'interviennes.
– Ce que j'aurais fait sur-le-champ, crois-moi !

Je me mords la lèvre inférieure et je me dis que ç'aurait été une catastrophe. Dans un pareil cas, je n'aurais pas eu l'occasion de vivre tous ces moments merveilleux avec Julian. Oui, j'en suis désormais persuadée, Julian avait envie que nous passions toutes ces heures ensemble. C'est pour cette raison qu'il n'a rien dit à Mary.

Je regarde mon amie dans les yeux et lui dis :

– Ça, je m'en doute ! Même s'il n'a été que ton professeur particulier, Julian a dû garder le souvenir d'une fille qui sait ce qu'elle veut. Il aura sans doute craint de te mettre dans la confidence, car il espérait que les choses s'arrangeraient naturellement entre nous, sans intervention extérieure. Et pour être honnête, je souhaitais la même chose que lui. Garde-le pour toi : j'ai adoré être sa captive !

Mary secoue la tête en riant tandis que mon téléphone vibre.

C'est Julian !

[Nous vous attendons, John et moi, dans un petit restaurant. Voici le lien vers l'adresse. Je t'embrasse très, très fort.]

Je m'exclame avec joie :

– Il est l'heure d'aller enterrer la hache de guerre autour de bons petits plats.

Je démarre le Volvo et roule vers le restaurant, secondée par Mary qui fait office de copilote en suivant l'itinéraire sur l'application GPS de mon portable.

Un quart d'heure plus tard, je la dépose devant le restaurant en question :

– Je vous rejoins dans dix minutes, le temps de faire une course importante et de trouver une place.

Mary me lance un regard interrogateur mais je fais comme si de rien n'était et je démarre. Je reviens aussitôt sur mes pas où j'ai aperçu en chemin un magasin qui m'a interpellée. J'y entre pour faire mon achat et en ressors rapidement pour reprendre ma voiture, me garer et retrouver les autres.

Ils m'attendent tous les trois. Nous sommes les seuls clients de ce restaurant thaïlandais. Remarquant mon air étonné, Julian précise :

– J'ai réservé les lieux pour préserver l'intimité de nos retrouvailles.

Je souris intérieurement. C'est quand même assez pratique d'être riche. Il va falloir que je pense à dire à Julian que j'aime aussi les choses normales, par exemple les restaurants avec des gens, les avions avec des passagers, etc. Nous commandons nos plats et discutons dans la bonne humeur. Même si je suis un peu ailleurs. Je repense aux différentes situations qui font que nous sommes réunis tous les quatre aujourd'hui. Je suis émue par la connivence entre Julian et John. Et je suis heureuse de partager ce moment avec Mary.

En vérité, j'attends le moment du dessert avec impatience.

Pour deux raisons. La première : je leur réserve une petite surprise. La deuxième, plus triviale : j'ai très envie de me retrouver enfin seule avec Julian.

Quand le serveur dépose nos desserts respectifs sur la table, je me lève et sors de mon sac l'objet que j'ai acheté avant de les rejoindre. Je les braque sans hésiter avec mon pistolet en adoptant un air grave.

– En fait, j'ai réfléchi et je…

Je m'interromps et je les jauge tous les trois. Ils ne bougent pas. C'est plus fort que moi, j'ai toujours besoin d'avoir le dernier mot.

Mary se crispe et John pose une main sur la sienne comme pour la rassurer. Julian quant à lui demeure imperturbable, il ne me quitte pas des yeux. S'il est inquiet, il ne le montre pas, se contentant de demander d'une voix calme qui me sidère :

– Tu as décidé de retenter ta chance ?

Je hoche la tête et j'appuie sur la gâchette à trois reprises… les arrosant tour à tour.

Après un moment de stupéfaction, c'est le fou rire général.

– Tu es une vraie malade, s'exclame Mary.
– Je voulais juste me venger des petites cachotteries que

vous m'avez faites ! Je sais, je suis incorrigible…

Julian se lève à son tour et s'empare de mon arme qu'il soupèse :

– C'est bien fait, on dirait un vrai !
– Je l'ai acheté dans un magasin de farces et attrapes, juste avant de vous rejoindre !
– C'était ça, ta course importante, réplique Mary en me lançant sa serviette au visage.

Elle sourit tout en répétant que je suis une folle furieuse. Julian s'approche de moi et me souffle à l'oreille :

– Tout ça pour me dire que tu voudrais redevenir ma captive ?

Je me mords la lèvre inférieure et je souris :

– Je dois y réfléchir !

Julian passe une main dans mes cheveux et je frissonne.

– Tu me plais, Leah.
– *Idem.*

Nous nous embrassons tandis que John commande une bouteille de champagne. Nous trinquons à l'amitié et à l'amour.

En sortant du restaurant, Mary nous propose d'aller tous

danser. Je m'approche d'elle et la serre très fort dans mes bras.

– On ira en boîte quand le médecin t'aura retiré ton plâtre et tes broches. Là, il faut que tu ailles te reposer.
– Mais je ne suis pas fatiguée, je…

Je pose l'index sur ses lèvres et je chuchote :

– J'ai aussi besoin de me retrouver seule avec Julian.

Elle pouffe. Julian s'approche à son tour en posant les mains sur ses épaules. Il lui adresse un de ses sourires à guérir un dépressif.

– Je crois que Leah et moi avons beaucoup de choses à nous dire.

Mary le regarde en souriant. Julian fait un signe à John qui acquiesce et vient prendre le bras valide de Mary sous le sien.

– Venez, Mary, je vais vous raccompagner.

Je les regarde s'éloigner et je me fais la réflexion qu'ils vont bien ensemble tous les deux. Le contact de la main de Julian sur mon bras nu m'électrise.

– Allons nous promener dans le parc, propose-t-il.

Le restaurant se trouve à deux pas du lac d'Echo Park.

J'adore cet endroit. Je m'y rends régulièrement quand j'ai besoin de prendre l'air après des heures passées dans mon atelier.

Au bord de l'eau, sous la pleine lune qui crée une atmosphère des plus romantiques, j'interroge Julian à propos de la fameuse invitation organisée à mon insu.

– Tu comptais me l'avouer un jour, Julian ?

Il me sourit, passe ses deux mains dans mes cheveux en me regardant dans les yeux.

– Oui, je comptais te le dire, mais j'avais promis à Mary.
– Je sais, elle m'a tout raconté.

Il soupire et s'explique :

– C'est le moment que j'ai le moins aimé, tu sais. Cette part de mensonge dans notre histoire. J'avais envie que tout soit beau, naturel entre nous. Ça me dérangeait un peu que tout soit organisé !

Je me serre contre lui. Je m'en fiche de tout ça. Je lui dis à voix basse :

– Il faut parfois savoir provoquer certaines situations. C'était un beau mensonge puisque nous nous sommes rencontrés. Et puis, il faut quand même avouer que j'ai mis un beau bazar dans tes plans !

J'intercepte le sourire de Julian. Je sens son corps trembler contre le mien. Je sens également son désir contre mon ventre. Je lève les yeux vers lui et nos regards s'embrasent. Nous sommes seuls au monde dans Los Angeles.

J'entrouvre mes lèvres pour laisser un passage à sa langue. C'est un baiser fougueux. La pleine lune éclaire le lac et le silence alentour est simplement dérangé par la mélodie de nos soupirs et de nos gémissements.

J'abandonne sa bouche et je murmure sans le quitter des yeux :

– J'ai très envie de toi, Julian.

Il dessine de l'index le contour de mon visage et je frissonne :

– Ça fait tellement longtemps que je n'ai pas été aussi heureux. Rentrons chez nous, tu veux ?

Je crois m'évanouir en entendant ces mots. Je lui chuchote :

– On peut prendre ma voiture, si tu veux, je suis garée à deux pas.
– Je te suis, princesse, me souffle-t-il. Je récupérerai la mienne demain.

Main dans la main, d'un pas pressé, nous rejoignons mon vieux break. Je m'installe au volant et mets le cap sur Bel Air.

Je regarde la route mais tout mon corps s'embrase car je sens le regard de Julian qui me dévore. Je n'ai jamais été aussi pressée d'arriver chez lui.

Oui, rentrons chez nous, vite…

Le Volvo roule au pas dans l'allée qui mène au garage de la villa. Une sorte de courant électrique indéfinissable passe entre Julian et moi. Quand je coupe le contact, je suis littéralement brûlante de désir. Le simple frottement de la dentelle noire de mon string provoque en moi des ondes de plaisir.

À ce point, c'est terrible !

Chaque parcelle de ma peau est sensible, des envies inavouables de caresses interminables bouillonnent en moi. Tout le long du trajet, Julian n'a cessé de me dévisager en passant sa main dans mes cheveux. Et sa façon de le faire m'excitait comme jamais. Au fil des kilomètres conduisant à la villa j'en ressentais l'effet grandissant entre mes cuisses. Seigneur, je n'ai jamais connu ça avec un autre homme, c'est même très… déstabilisant. Avec Julian, j'ai l'impression étrange de ne rien pouvoir contrôler. Il semble à même de me conduire au-delà de tous les tabous sans la moindre difficulté. Il sait si bien s'y prendre avec moi que je me sens prête à faire des folies.

Dans le silence du garage où brillent les carrosseries de ses bolides, je tourne mon visage vers Julian qui me regarde encore. D'une voix douce, il me chuchote :

– Voilà, nous sommes chez nous, princesse.

Je hoche la tête, tout mon corps est parcouru de frissons.

Mmm, chez nous !

La main de Julian se faufile sous ma robe, je glisse aussitôt à sa rencontre sur le cuir de mon siège. En vérité, j'attendais qu'il fasse ça depuis que nous nous sommes installés dans la voiture. Mon gémissement résonne dans l'habitacle et se transforme en petit cri quand ses doigts écartent la dentelle mouillée de mon string.

– J'adore poser ma main là, juste là, tu sais ?

Oh, oui, ça je sais.

Pour illustrer ses propos, Julian accentue sans pitié la pression de ses doigts sur mon clitoris. Je me passe la langue sur les lèvres, je me sens de plus en plus femme, de plus en plus libérée. Je m'accroche au volant de la voiture tout en écartant mes cuisses pour lui faciliter le passage. Des mots crus dansent dans ma tête, des images de sexe sauvage me traversent comme des éclairs qui m'électrocutent.

– Là, juste là, comme ça, répète-t-il de sa voix rauque qui m'affole.

Tu peux laisser ta main là, juste là, jusqu'à la fin du monde.

Sa main libre vient saisir mes cheveux pour me tirer la tête en arrière. Je me laisse faire et je gémis tant je suis excitée qu'il ait envie de me posséder. Je veux être soumise à ses moindres désirs. Je veux le rendre fou et devenir folle du plaisir qu'il sait si bien me donner.

– Donne-moi ton sexe, princesse.

J'aime sa voix, sa façon d'être cru tout en faisant montre de délicatesse. J'ai confiance, j'ouvre encore mes cuisses pour lui obéir. Oui, je veux m'offrir à lui sans concession.

Être à Julian, rien qu'à lui, toute à lui. Cette seule idée me rend dingue.

Il pose ses lèvres sur mon cou pour le lécher, le contact de sa langue sur ma peau tiède est stimulant. Son souffle me chatouille l'oreille alors qu'il en mordille le lobe, je savoure. C'est une zone très sensible de mon corps et il l'a bien compris.

C'est fou, c'est comme s'il connaissait par cœur chaque relief de ma géographie.

Son index et son majeur glissent sans plus tarder en moi. Je pousse un cri qu'il étouffe en me prenant la bouche sans ménagement. Sa langue me fouille et ses doigts coulissent dans mon sexe. Il me domine et j'adore ça, c'est si nouveau pour moi, pourtant je m'aperçois que c'est très naturel. Son pouce ne cesse de caresser mon clitoris. C'est presque douloureux tant je suis réceptive et gonflée de désir. Tant pis, je veux qu'il continue, j'ai tellement besoin de ressentir tout cela. Rien au monde ne pourrait retarder l'éruption imminente du volcan qui s'est réveillé en moi.

– Julian, c'est…
– Chut, j'ai juste envie de t'entendre gémir… et de t'écouter jouir.

Oui, d'accord, tout ce que tu veux !

J'ouvre davantage mes jambes pour accueillir les doigts de Julian au plus profond de moi. Ils sont magiques, ces doigts. Leur mouvement s'accélère et le souffle chaud de Julian caresse et chatouille mon cou marqué de ses baisers. Il ralentit en me souriant, avant d'accélérer à nouveau. Ces changements de rythme sont affolants. Il compose avec mon corps, ses doigts jouant des accords qui font battre mon cœur et modulent la mélodie de mon plaisir. Des sons indescriptibles s'échappent d'entre mes lèvres. Je lui susurre que c'est trop, je lui chuchote que je vais jouir, qu'il me fait tellement d'effet que je ne vais pas pouvoir me retenir.

– C'est si doux, Leah, là, juste là…

C'est tellement érotique quand il me souffle et me répète ces mots. Intraitable, Julian augmente la cadence de ses caresses. Il glisse le pouce de sa main libre entre mes lèvres et joue avec mes dents, avec ma langue. Mon bassin est agité de tremblements, je m'arc-boute pour que les doigts de son autre main explorent encore plus fort mon sexe. Je me prends à aspirer son pouce dans ma bouche et j'ai l'impression que le volant de ma vieille voiture pourrait se décrocher tant je ne cesse de m'y cramponner.

– Viens, princesse, viens.

Les mots de Julian provoquent alors la vague qui me retourne en tous sens. C'est une jouissance inouïe qui me coupe littéralement le souffle. Je me convulse, je halète, le corps traversé par une onde de chaleur, un violent courant électrique qui me fait soudain crier sans discontinuer. J'expulse enfin tout l'air contenu dans mes poumons en gémissant sans pouvoir me calmer. Mon sexe se contracte autour des doigts de Julian qui bougent toujours en moi. Il lâche mes cheveux, retire doucement sa main d'entre mes cuisses et la porte à mon visage, glisse ses doigts mouillés de mon plaisir entre mes lèvres, m'invite gentiment à les sucer. Et j'obéis encore et je me goûte, les mains toujours accrochées au volant du Volvo.

Julian approche ses lèvres de mon oreille.

– Tu es magnifique quand tu jouis.
– Mmm…

C'est magnifique quand tu me fais jouir…

– Viens, princesse. Je vais te faire visiter ma chambre.

Son regard est provocant, je craque complètement.

Nous quittons l'habitacle du break, j'en contourne le capot et me colle un instant contre Julian. Ma main s'aventure entre ses cuisses, remonte jusqu'à son entrejambe.

Il est déjà si dur.

J'ai envie de le prendre dans ma bouche, de le sucer jusqu'à ce qu'il n'en puisse plus. Je m'agenouille sans plus attendre, fais descendre la fermeture Éclair de son pantalon en frémissant d'impatience, glisse une main par l'ouverture et m'empare de son membre sous son boxer. J'adore le sentir prisonnier de ma paume, le serrer, le caresser. Il est long, effilé et son gland gonflé de désir palpite déjà sous mes doigts. Julian glisse ses doigts dans ma chevelure en soupirant de plaisir tandis que je le prends en bouche. J'aime faire ça avec lui, son goût me plaît et sa verge est si appétissante que je pourrais la sucer longtemps, jusqu'à l'apothéose.

Je me sens plus que jamais prête à tout ce soir. C'est la première fois que je me sens aussi libre avec Julian. Il n'y a plus de barrières ni de doutes entre nous. Je me sens avide de sensations, terriblement gourmande et audacieuse. L'entendre gémir pendant que je fais glisser son gland entre mes lèvres provoque des vagues de chaleur dans mon bas-ventre. J'aime obéir à Julian mais j'aime aussi ce pouvoir que j'exerce sur lui en ce moment même. Et pour être honnête, j'éprouve un plaisir sans nom à faire glisser son érection jusqu'au fond de ma gorge. Je serais capable de l'engloutir tant j'ai faim de lui. La pression des mains de Julian sur ma tête m'empêche de poursuivre ma mission.

– Stop, princesse, je n'ai pas envie de jouir maintenant, gémit-il en se reculant.

Je lève les yeux vers lui, je hausse les sourcils en faisant une moue boudeuse.

– J'adore ce que tu me fais, crois-moi, mais j'ai d'autres projets dans l'immédiat.

Il me fait signe de me relever, glisse son sexe encore dur sous le tissu de son boxer et il me prend dans ses bras.

– Si on continue comme ça, souffle-t-il à mon oreille, on n'arrivera jamais à atteindre la chambre. Je ne suis pas contre le fait de te prendre sur le capot d'une de ces voitures, mais ce soir nous pourrions faire ça dans un endroit plus approprié. Qu'en penses-tu ?

Je pense que tous les endroits me paraissent appropriés avec lui. Je m'imagine allongée sur un capot, robe remontée, Julian me pénétrant sans relâche, ses mains libérant mes seins de la dentelle noire de mon soutien-gorge pour les pétrir avec vigueur et les sucer, tout en me baisant très fort. Je ne me reconnais vraiment pas, mais cette fille excitée que je découvre au contact de Julian me séduit tout à fait.

– Où tu voudras, Julian, mais vite !

Il rit en passant une main sous ma robe rouge pour me caresser les fesses. Je recommence à gémir car ses doigts s'aventurent à nouveau sur mon sexe. Je le veux en moi, plus que jamais. Je le désire tout au fond de moi. J'ai besoin de ses mains sur mon corps, d'être caressée, palpée, malaxée, griffée, marquée.

– Viens, mon amour, j'ai envie de te prendre sur notre lit.

Notre lit…

J'acquiesce, je suis au bord d'exploser, je n'en peux plus. J'ai très envie de me faire prendre par Julian. Il saisit une de mes mains et m'entraîne vers nos appartements. En chemin, nous nous mettons à courir en riant à gorge déployée.

Dans l'immense chambre avec vue imprenable sur Santa Catalina, nous reprenons un instant notre souffle, les yeux dans les yeux. Enfin, Julian se déchausse à la hâte en me gratifiant d'un sourire diabolique. Pieds nus en pantalon et chemise, il s'approche à présent de moi. J'ai en tête l'image d'un fauve se dirigeant vers sa proie. À la seule différence que je ne compte pas m'enfuir. Il me plaque contre une cloison et glisse ses mains sous ma robe, je gémis.

Je pousse un petit cri de surprise et d'excitation quand il déchire mon string d'un geste sec.

– Ça t'excite, Leah ?

Je hoche la tête. Je sens mes cuisses si humides de mon désir que je vacille. Il glisse sa langue dans ma bouche, m'embrasse longtemps, avec une telle gourmandise que j'en suffoque presque. Une de ses larges mains pétrit mes fesses avec une vigueur insensée, l'autre enserre mon sexe et le masse comme s'il voulait marquer son territoire.

Oh, Julian, si tu savais comme j'adore ça…

C'est délicieux d'être un objet de plaisir à sa merci et il le sait. Il fait descendre ma robe le long de mon corps. La soie crisse sur ma peau et je frémis. Je me débarrasse de mes escarpins pendant qu'il dégrafe mon soutien-gorge pour libérer mes seins. Ils sont tendus, leurs pointes se dressent de façon indécente. Il les prend tour à tour entre ses dents pour les mordiller. Je n'arrête pas de gémir. Je suis nue contre un mur à la merci d'un mec canon qui bande contre mon ventre. Je me sens petite et vulnérable, je suis prête à me faire dévorer. Quand il abandonne ma bouche, j'en profite pour lui demander d'une voix essoufflée et suppliante de se déshabiller.

– S'il te plaît, je veux sentir ta peau contre la mienne.

Un sourire magnifique barre son visage tandis qu'il ouvre sa chemise en faisant sauter tous les boutons. Leur bruit quand ils s'éparpillent sur le parquet blanc se mêle au son caractéristique que produit son ceinturon quand il l'ouvre. Il laisse glisser son pantalon et son boxer le long de ses jambes. C'est toujours un choc quand je le vois nu. Je ne rêve pas, je suis dans la vraie vie. Ce sont mes doigts qui dessinent le contour de ses hanches. C'est son érection de folie que je sens battre contre mon ventre brûlant qui se contracte.

J'ai faim de lui, de nous. Il s'agenouille devant moi, s'empare de mes fesses qu'il griffe avec passion tout en parcourant l'intérieur de mes cuisses avec la langue. Il s'attarde sur mon clitoris, avant de passer le cap de mes lèvres. Il me lèche avec application, encouragé par mes gémissements et la pression de mes doigts sur son cuir chevelu. Il gémit lui-même de gourmandise. J'aime qu'il apprécie de me faire ça, de me donner du plaisir avec sa bouche. Une de ses mains abandonne mes fesses pour accompagner sa langue et masser mon clitoris. Deux doigts ou trois – je ne sais plus, je suis perdue – coulissent à nouveau dans mon sexe. Cet homme est fou et je suis folle de lui.

– Julian, je…

Il hoche la tête tout en continuant à s'activer entre mes cuisses. Il sait que je vais jouir encore et il en grogne d'excitation. J'agrippe ses cheveux, j'ai l'impression que son corps entier me pénètre tandis que je viens par vagues violentes au bord de ses jolies lèvres. Je me laisse aller à crier, je lâche complètement prise alors qu'une nouvelle vague de plaisir me submerge. Il me soulève comme une plume dans ses bras. Je suis hors de moi, je gémis et je tremble, tandis qu'il m'allonge sur le lit. Je l'entends ouvrir un tiroir, je le regarde déchirer l'étui d'un préservatif. Dix secondes plus tard, il est allongé à côté de moi.

Mon cœur commence à retrouver un rythme normal. La main de Julian qui caresse mon visage m'apaise.

– Tu me tues, Julian.
– *Idem*, princesse.

Ma main se dirige naturellement vers son sexe. Il est si dur sous le latex qui le protège. Je me dis que la prochaine fois nous n'aurons pas besoin de ça. Comme en accord perpétuel avec mes pensées, Julian me chuchote au même instant :

– On va faire un test dès demain pour être libres de s'aimer sans contrainte.

Je souris et je gémis alors qu'il se glisse entre mes cuisses. D'une main je m'accroche à son cou, de l'autre je guide sa verge vers mes lèvres. Il est gros, imposant, mais il s'introduit facilement en moi tant je suis excitée par mes orgasmes précédents. Je sais que Julian va encore me faire jouir. Sans mentir, j'ai l'impression que je pourrais me laisser prendre toute la nuit, jusqu'à ne plus sentir mon corps.

– Je veux passer ma vie en toi, Leah.

Oui, fais-le, Julian.

Julian va et vient sans relâche au-dessus de moi et je savoure le bonheur de contempler son corps magnifique en pleine action. Ses muscles sont tendus, sa peau brillante de sueur, je fixe son regard qui me défie alors que son sexe glisse infiniment entre mes lèvres et vient cogner au fond de moi, me dévastant et m'arrachant à nouveau des gémissements.

Je me surprends même à l'encourager d'une voix chaude, douce et sans appel.

– Plus fort, Julian, plus loin…
– Oui, princesse…

Il s'exécute et me pilonne avec vigueur.

Je lui griffe le dos, je m'arc-boute pour venir à sa rencontre. Nous sommes en sueur sur les draps blancs froissés. Je ne reconnais pas le timbre de ma voix au moment où je le supplie :

– Encore, Julian, j'en veux plus…

Julian gémit plus fort, il remonte mes jambes sur ses épaules pour m'écarter au maximum et il s'enfonce encore plus loin. Ses coups de boutoir m'enflamment corps et âme. Aucun homme ne m'a jamais prise ainsi. Julian est à la fois viril et respectueux. Il me dit à l'oreille qu'il va jouir et je lui réponds que je suis prête.

– Viens, viens maintenant…

Julian se crispe soudain et jouit par saccades dans un long râle qui m'autorise à mesurer l'intensité de son plaisir. Je sens le poids de son corps sur le mien, incapable de contrôler les contractions de mon sexe autour de son membre qui me remplit. C'est incroyable le sexe entre nous. Chaque fois plus intense. Et on ne s'arrête jamais.

Julian se laisse rouler sur le dos et s'efforce de retrouver une respiration normale.

– Tu… tu me rends dingue, toi.

J'espère bien, monsieur. Et ce n'est que le début…

Je souris de ma pensée, j'en gémis tant ça m'excite de l'exciter. Je pivote sur le côté et je m'allonge sur son corps nu. Mes ongles dérivent de son cou à sa poitrine, je lèche son torse, je mordille ses tétons. Nos parfums se mélangent, c'est carrément enivrant.

Je remonte sur son corps tendu comme un arc pour atteindre son visage. Je demeure silencieuse, l'écoutant respirer, je suis au paradis. Son regard s'illumine, il tressaille sous mon corps et il me couche à nouveau sur le dos. Il écarte mes cuisses et se glisse à nouveau en moi.

Il peut encore ! Et moi, j'ai encore envie… C'est dingue…

Il me pénètre avec douceur en caressant mon visage. Son sexe grossit et bat à nouveau en moi, c'est indescriptible. Et la musique de son cœur résonne contre ma poitrine. Il me fait l'amour tout doucement, je sens déjà le plaisir qui monte tant il m'envahit.

– Tu me rends fou de bonheur, princesse, souffle-t-il alors sans cesser d'aller et venir au ralenti.

Son regard est à tomber, je m'y noie, je ne dis rien, je laisse simplement l'écho de sa déclaration résonner dans ma tête et mon cœur. Et je me laisse aller à sourire et pleurer en attendant de jouir encore et encore.

15
CADEAU D'ANNIVERSAIRE

La Galerie Baldwin est un lieu d'art réputé de Beverly Hills. Et j'y expose les toiles que j'ai peintes au cours des derniers mois dans l'atelier que Julian m'a installé à la villa. L'endroit est tellement bondé qu'on pourrait croire que toute la population de Los Angeles s'y est donné rendez-vous pour honorer l'événement. En ce 8 juin, il est 20 heures, j'ai tout juste 24 ans.

Je suis aux anges, le vernissage de ma nouvelle exposition démarre très fort. Le champagne coule à flots, les invités s'amassent aux quatre coins de la luxueuse galerie tandis que des serveurs avec plateaux garnis slaloment tels des acrobates dans la marée de cette foule chic et cosmopolite.

Julian a dû convier les milliers de contacts de son carnet d'adresses. Comme toujours, il n'a pas fait les choses à moitié.

Je porte une robe en soie gris anthracite boutonnée devant

dont la couture s'arrête au-dessus du genou. Mes épaules dorées sont nues, et la robe s'ouvre sur un décolleté plongeant vers la naissance de mes seins. C'est un choix de Julian, il a vraiment du goût et je me suis habituée à ce qu'il s'occupe des tenues que je porte en certaines occasions. Mes dessous sont en dentelle noire, mais ça, c'est un secret et c'est encore Julian qui m'a demandé de les passer. Il me dit toujours que ça l'excite d'imaginer qu'il peut les déchirer à tout moment. Et moi, je n'attends que ça du matin au soir. C'est devenu une sorte de rituel. Notre budget lingerie est d'ailleurs assez conséquent.

Je réponds à mille et une questions, je n'ai pas un moment pour me poser. Ma nouvelle série s'intitule « Captive des couleurs » et je suis LE personnage de la soirée. Je n'ai pas vraiment l'habitude d'être l'objet de tant d'attentions. Et pour tout dire, ça me flanque même un peu le vertige.

Je croise parfois le regard de Julian, empli de désir et d'admiration.

Je suis résolument la fille la plus heureuse du monde !

Franchement ! Je suis là, entourée de tout ce monde venu découvrir mon travail. J'ai bien conscience que de nombreuses personnes sont essentiellement présentes à ce vernissage pour se montrer, parader et papoter en dégustant des petits-fours et en buvant du champagne, mais je pressens qu'il ne restera plus une toile libre avant la fin du vernissage. Les réservations s'accumulent. Jessica Baldwin, la galeriste et vieille amie de Julian, est aux anges. « C'est un succès », m'a-t-elle glissé tout à l'heure en passant discrètement à ma hauteur.

Je mesure ma chance. Je suis amoureuse d'un homme exceptionnel, j'exerce ma passion avec bonheur, la vie est vraiment belle. Je croise à nouveau le regard de Julian. Ce désir et cette envie de plaisir qui nous lient sont inimaginables. Depuis des mois, nous prononçons tous les mots d'amour du dictionnaire, nous en inventons également, nous respirons à l'unisson, nous n'arrêtons pas de faire l'amour et c'est chaque fois plus torride. Je détourne mon regard de sa silhouette pour ne pas fondre sur place. Je sens ce désir familier qui me chatouille le bas-ventre.

Je dois me concentrer, c'est un vernissage, ce n'est pas le moment de fantasmer.

Je suis émue et ravie de voir Mary en compagnie de John Edwards. Il se passe quelque chose entre eux depuis leur rencontre à l'hôpital et notre dîner au restaurant. Je suis heureuse pour ma meilleure amie. Et rassurée ! John Edwards n'est pas le genre d'homme à lever la main sur une femme.

Jessica Baldwin s'approche de moi avec une coupe de champagne. Elle lisse ses cheveux blond platine en esquissant un pas de danse assez voisin de la zumba.

– J'ai l'honneur de t'annoncer que tes 30 toiles sont vendues, ma chère artiste !

Yes !

Je me retiens pour ne pas sauter en l'air et me contente de m'exclamer :

– Super ! Merci !

Cette réplique ne figurera jamais dans une anthologie, mais ma joie est déjà dûment répertoriée dans l'agenda intime des moments exceptionnels de mon existence.

Papa, j'aimerais tant que tu puisses voir ça !

En moins de deux heures, je viens de vendre la totalité des toiles présentées à la galerie. C'est du délire. C'est le succès dont je rêve depuis toujours.

À une dizaine de mètres, j'intercepte le clin d'œil de Julian. Je lui tends les bras pour qu'il me rejoigne, j'ai vraiment envie de le serrer contre moi.

Julian ne sait pas encore ce que je vais faire de tout cet argent gagné en une soirée. À vrai dire, je n'ai pas eu besoin d'y réfléchir. Le nom de Jennifer Marquez, la belle de Mexico, m'est venu immédiatement à l'esprit. Et je compte lui verser les bénéfices de cette soirée pour alimenter les comptes de son projet humanitaire. Je souris à la pensée que je suis semblable à Julian, je préfère les actes aux paroles, la discrétion à la parade. Je me love contre lui qui caresse mes cheveux avec tendresse.

– Je suis fier de toi, me souffle-t-il à l'oreille.

Je lui réponds sur le ton de la plaisanterie.

– Moi aussi je suis fière de moi !

Je me serre encore plus fort contre lui, lève les yeux et ajoute :

– Merci d'avoir organisé tout ça pour moi, monsieur.
– Je ne l'aurais pas fait si je ne croyais pas en toi, princesse.

Princesse…

Il pose ses lèvres sur les miennes et je prends sur moi pour ne pas faire sauter tous les boutons de sa chemise ni explorer chaque parcelle de son torse avec ma bouche et mes doigts. Il sourit comme s'il lisait dans mes pensées.

En vrai, il lit dans mes pensées !

Je sens sa main saisir la mienne.

– Viens avec moi, susurre-t-il à mon oreille.

Je frissonne de la tête aux pieds tandis qu'il m'entraîne vers la sortie sans plus tarder.

Dans son sillage, ma main prisonnière de la sienne, je m'exclame en riant :

– Qu'est-ce qui te prend ? Où veux-tu m'emmener ?

– Je t'enlève, je vais te vendre comme esclave, réplique-t-il en riant de plus belle.

Il ouvre la portière de la Maserati et me pousse à l'intérieur. Il me rejoint, met le contact et démarre. Je me fais un peu plus insistante :

– Julian ?
– Quoi ?
– Je te signale qu'on vient de laisser tomber des centaines de personnes qui…
– J'ai prévenu Jessica ! Tout va bien, ils vont tous continuer à boire du champagne. Et puis…

Comme il ne termine pas sa phrase, j'embraie sur un ton impatient :

– Et puis quoi, Julian ?

Il nous désigne tous les deux en souriant :

– Nous sommes libres, oui ou non ?

Sans réfléchir, je fais descendre ma vitre et passe la tête à l'extérieur, mes cheveux dansent dans le vent et je hurle :

– Oui, nous sommes libres comme l'air !

Julian rit, pose une main sur ma cuisse et appuie sur l'accélérateur, propulsant la Maserati à une vitesse hallucinante.

Collée au siège, je ressens des sensations incroyables qui me chatouillent le ventre. C'est une autre découverte pour moi, la vitesse.

Nous demeurons silencieux dans la voiture qui traverse Los Angeles. Nous sommes si bien ensemble que parfois les mots ne sont pas nécessaires. Mais quand Julian immobilise enfin la Maserati, je suis au bord de défaillir. Nous sommes dans West Hollywood et…

Seigneur, je n'y crois pas !

C'est l'adresse de notre galerie familiale rachetée voici cinq ans pour en faire une pizzeria. Mais il n'y a plus de pizzeria !

La galerie est à nouveau là !

J'abandonne ma contemplation de la devanture flambant neuve, je me tourne vers Julian, mon cœur bat à mille à l'heure, les larmes me montent aux yeux, j'ai peur de m'évanouir.

– Mais, qu'est-ce que…

Imperturbable, Julian répond simplement :

– J'ai une passion modérée pour les pizzas, Leah, je préfère de loin les œuvres d'art.

Je serre les poings, mes ongles pourraient traverser mes

paumes. Je suis sous tension.

– Tu l'as vraiment rachetée ?

Julian demeure silencieux, son sourire dessine les fossettes que j'aime tant sur ses joues ombrées d'une barbe naissante. Puis il me tend un trousseau de clés, me demande d'ouvrir la main, le dépose sur ma paume avant de refermer mes doigts dessus comme s'il s'agissait de protéger un trésor.

Et c'est plus qu'un trésor !

– Disons que j'ai surtout réparé une erreur impardonnable. Je me bats depuis quelques années pour redorer le blason de la famille Storm. Et je peux t'assurer qu'après les agissements sauvages de mon père et de mon oncle, il y a un sacré boulot.

Je me presse contre lui, je respire son parfum que j'aime de plus en plus, et je lui souffle :

– Elle est exactement comme dans mes souvenirs !

Julian hoche la tête.

– J'ai retrouvé les plans. Ça n'a pas été une mince affaire de la faire reconstruire à l'identique, mais franchement je suis assez fier de mon équipe d'ouvriers.

Je n'en reviens pas, c'est tellement exceptionnel !

– Julian, tu es incroyable, tu es fou, je…

Il pose sa main sur ma bouche et me chuchote :

– Non, Leah, c'est juste que je n'aime pas les histoires tristes, que je déteste l'injustice et la bêtise. Ça ne fera pas revenir ton papa, ça ne remplacera pas toute une époque, mais ce lieu t'appartient. C'est ton cadeau d'anniversaire, la galerie est à ton nom et on n'y mangera plus de pizzas.

J'ai envie de rire et de pleurer. D'une voix étranglée, je déclare :

– À moins d'en commander une avec une bonne bouteille de vin italien… Oh, non, du champagne plutôt car j'ai quelque chose à te dire, mon amour.

Julian plante son regard dans le mien et je ne peux retenir un gémissement tant c'est sexy quand il me dévisage ainsi. Il me répond :

– Le champagne est au frais dans un frigo de la réserve à toiles. Et d'ailleurs moi aussi, j'ai quelque chose à te dire.

J'ai l'impression qu'on n'arrête pas de se dire des choses depuis qu'on se connaît. Chaque jour qui passe est une surprise et un enchantement.

– Alors, je t'écoute ! dis-je conciliante.
– Non, toi d'abord.

Je ris de notre petit jeu tandis qu'il passe une main dans mes cheveux. Je ne me lasse pas de sentir ses doigts jouer avec mes mèches.

Avec Julian même mes cheveux deviennent une zone érogène…

– Pour arbitrer cette affaire, je te propose d'abord de visiter la galerie… *Ta* galerie…

Je hoche la tête, emplie d'une émotion indescriptible. J'ouvre la portière, pose un pied sur le trottoir et quitte mon siège. Je fais quelques pas dans la rue et soudain je suis là, debout à quelques mètres de l'entrée de ma galerie. Je vacille. En parcourant l'espace de bitume qui me sépare du seuil de ce sanctuaire, j'ai l'impression d'évoluer dans un rêve. Je m'arrête un instant et lève les yeux au ciel.

J'aimerais tant que tu sois là, papa…

Mon père me manque cruellement mais, s'il existe un paradis, l'auteur de mes jours doit en ce moment même danser des claquettes devant un public médusé. Je fais jouer la clé dans la serrure et pose un pied sur le parquet immaculé, mes mains sont moites, mes yeux clignent et je respire avec délice les effluves de peinture et de cire. Je retrouve les sensations d'antan. Chacun de mes pas en ces lieux est dédié à mon père. Et à ma mère aussi que je vais bientôt revoir. Je veux rattraper le temps perdu, faire de chaque minute et de chaque jour un instant à part. Je me tourne vers Julian qui s'occupe du champagne. Il a retiré sa veste de costume et sa cravate. Il est terriblement séduisant dans son pantalon noir qui lui tombe sur les hanches à la perfection et j'imagine ses muscles sous la chemise blanche dont les premiers boutons sont ouverts sur la naissance de son torse puissant.

– Alors, Julian, qu'est-ce que tu voulais m'annoncer ?

Au même instant le bouchon décolle comme une fusée vers le plafond. J'applaudis tandis que Julian verse du champagne dans nos coupes. Il m'en tend une qu'il choque délicatement de la sienne. À cette seconde précise, les yeux de Julian m'évoquent les flammes d'un incendie qui me réchauffent le corps et l'âme. Il ne remarque pas que je garde ma coupe dans la main sans la porter à mes lèvres, et c'est tant mieux.

– C'est ton anniversaire, Leah !

Sa voix rauque me fait toujours fondre, je pourrais l'écouter en boucle des heures durant.

– Ça, je suis au courant, monsieur Storm.

Il sourit, boit une gorgée de champagne, passe une main dans ses cheveux.

– C'est ton anniversaire… Et pourtant, c'est moi qui te demande un cadeau…

Je l'encourage en murmurant :

– Demande-moi ce que tu veux, Julian.

Et sa voix rauque me fait chavirer :

– Veux-tu m'épouser, Leah ?

Aucun son n'arrive à franchir la frontière de mes lèvres tremblantes. Je manque de m'étrangler et pose la coupe que j'avais dans la main pour m'approcher de Julian. J'appuie ma tête sur sa poitrine. J'écoute battre le cœur de l'homme que j'aime et qui vient de me demander en mariage. Oui, c'est bien réel, ces battements qui me bercent et le corps de Julian n'appartiennent pas à la quatrième dimension. Je peux le toucher, je peux sentir sa chaleur m'envelopper. Cet homme existe vraiment ! Et toute la tendresse que je lui donne à cet instant vaut tous les « oui » du monde. Chaque seconde qui passe voit mon bonheur s'épanouir. J'ai envie d'exploser de joie mais je me contiens. Au lieu de cela, je recule de deux pas pour observer Julian. J'en profite pour remettre de l'ordre dans mes pensées et formuler clairement les mots qui me titillent la langue.

– À une seule condition, monsieur Storm.

Les mains sur les hanches, il penche la tête sur le côté et m'offre un sourire angélique.

– Quand je pense que tu étais ma captive et maintenant c'est moi qui suis toujours suspendu à tes lèvres.

N'arrête jamais de te suspendre à mes lèvres, mon amour.

Je déglutis. À cette seconde précise je suis au comble de la joie. Je vais annoncer quelque chose de tellement magique à mes yeux que j'ai presque du mal à croire que c'est la réalité.

– Verrais-tu un inconvénient à ce que ta future épouse soit déjà enceinte ?

Julian laisse retomber les bras le long de son corps. Ses yeux brillent tant que j'ai l'impression qu'ils pourraient m'aveugler. Je savoure sa surprise et le bonheur qui illumine son visage. Il se met à bafouiller :

– C'est... c'est vraiment vrai ? C'est... Tu attends un bébé ?

Je fouille dans mon sac à main et lui présente mon test de grossesse :

– Je l'ai appris ce matin, mon amour.

Julian pose son regard sur mon ventre. Il est si beau dans sa soudaine fragilité. J'ai l'impression délicieuse qu'il est en train de découvrir un pan de l'existence qu'il ne connaissait pas. Je caresse mon ventre et je murmure :

– Il est là, en moi. C'est difficile à imaginer pour l'instant, il est beaucoup trop tôt pour voir quoi que ce soit, mais un petit être se prépare à nous rejoindre !

Julian pose une main à son tour sur mon ventre et me souffle d'une voix terriblement émue :

– On attend un petit bébé. Je ne sais pas quoi dire, c'est sublime, c'est… magique !

Il s'interrompt un instant, puis il articule silencieusement trois mots qui me font vaciller. Je hoche la tête avec les larmes aux yeux et j'articule à mon tour ces mots si précieux.

On s'aime, on va avoir un bébé, la vie est vraiment belle…

Je pense à mon père qui serait si fier de me voir à cet instant. Je pense à ma mère qui va devenir grand-mère. Je pense à nos familles respectives qui seront bientôt réunies pour célébrer notre mariage. Je pense à Mary. Je compte bien lui confier une double mission qui consistera à être mon témoin au mariage et la marraine de notre enfant. J'ai ma petite idée sur le témoin et parrain que Julian va choisir.

Pour l'heure, il a l'air tellement heureux et il semble si bouleversé qu'il n'est certainement pas en mesure de choisir quoi que ce soit. Il ne trouve même pas ses mots.

– C'est un plaisir de te mettre dans un tel état, monsieur Contrôle.

Il sourit, ouvre la bouche mais rien de très clair n'en sort :

– Je, je… Eh bien, c'est-à-dire…

Je pose un index sur mes lèvres pour lui intimer l'ordre doux de se taire, mon cœur bat la chamade car le moment est venu de prononcer la réplique de mes rêves. Tout est enfin réuni pour qu'elle existe enfin ailleurs que dans un film.

– Tu n'es pas obligé de dire quelque chose, monsieur Storm… Ou peut-être simplement siffler. Tu sais siffler, n'est-ce pas ?

Il pose ses lèvres sur sa paume avant de me souffler un baiser, puis il me prend dans ses bras pour me serrer très fort.

– Avoue que c'est un beau film quand même, me murmure-t-il.
– Oui, pas mal, Julian.

FIN

Extrait

TOUS SES DÉSIRS

d'Olivia Dean

À paraître en janvier 2016

1

MAGNÉTIQUE

Si je le pouvais, je m'enfuirais à toutes jambes !

Mais qu'est-ce que je fais là ? Au milieu de toutes ces stars !

Le type, là, qui vient de me bousculer, ce n'est pas cet acteur connu ? Mince, je ne me rappelle plus de son nom… Je me sens de plus en plus mal à l'aise. Pourtant la soirée est parfaite. Ce magnifique gala monégasque a été idéalement organisé. Tout le bottin mondain est là et je réalise à peine la chance que j'ai d'être parmi ces célébrités. En vain je tente de respirer et de calmer mon appréhension. J'ai l'impression d'être dans le passage. Je ne sais pas où me mettre pour faire mon travail sans enfreindre je ne sais quel code que j'ignore.

Pourvu que je ne fasse pas de gaffe !

Quand Edmée Dupriest, la rédactrice en chef du magazine *Starglam* m'a proposé un travail à la rédaction, je me suis dit que c'était une opportunité à ne pas rater, sauf que maintenant, je ne suis plus sûre de rien. Je n'ai rien contre les people mais ce n'est pas mon univers. Je stresse tellement que je n'arrive même plus à mettre un nom sur ces visages qui me semblent pourtant familiers.

Dire que je voulais devenir journaliste dans la mode ou l'art…

J'étais si fière d'annoncer en arrivant que je représentais ce soir le magazine *Starglam*. Moi, la simple pigiste ! Et à l'essai en plus ! Envoyée pour mon premier reportage solo, je m'étais promis de ne pas décevoir Edmée.

Lorsque le cordon de velours rouge a été écarté pour que je puisse pénétrer dans la magnifique salle bondée, je me suis sentie sur un petit nuage… Mais ma belle assurance s'est envolée à peine entrée. Impossible de me rappeler qui est qui bien que j'aie tenté de « réviser » hier en feuilletant soigneusement les pages people des journaux.

À nouveau je regarde autour de moi. Tout est incroyable. La salle de l'hôtel Fairmont Monte-Carlo privatisée pour l'occasion est à couper le souffle. Perchée sur les hauteurs de la ville, elle offre une vue panoramique sur la Méditerranée grâce à ses immenses baies vitrées longées par un balcon à la rambarde transparente. Aucune paroi intérieure pour boucher la vue, des colonnes modernes, simples mais élégantes, viennent soutenir le plafond. Celui-ci, alors que le soleil se couche, vient accentuer l'atmosphère calme et chic : bleu nuit, il est parcouru de minuscules spots de lumière rappelant les étoiles. Le long du mur du fond, opposé au spectacle du paysage, un grand buffet a été dressé sur des nappes blanches. Petits-fours salés et sucrés à disposition, pâtisseries délicates… Je n'ai jamais rien vu d'aussi parfaitement pensé.

Pour un peu j'aurais l'impression d'être Sissi faisant son entrée dans la salle de bal !

Pour me fondre dans la masse et ne pas jurer avec l'assemblée, j'ai mis la plus belle robe de mon placard. Soie émeraude pour mettre en valeur mes cheveux roux sombre et mes yeux vert clair, plus des Louboutin qui m'ont coûté une fortune. Je les ai achetées l'année dernière, je fantasmais dessus et me les suis finalement offertes pour fêter mon diplôme, même si c'était une folie ! Je réalise que ma tenue est encore trop simple par rapport à celles des stars de la soirée et cela rajoute encore à mon malaise. Déjà que je suis timide, je suis maintenant morte de trac !

Bon… en fait, je me sens plus proche de Daisy Duck que de Sissi Impératrice !

Je dois vite me reprendre si je veux prouver à Edmée qu'elle a eu raison de me faire confiance. Ce n'est pas le moment de flancher ! Jamais une star ne consentira à nous parler, mes Louboutin, ma robe et moi, si je reste plantée comme ça.

Sauvée !

J'aperçois brièvement Éric Gourieux près du buffet. C'est un reporter-cameraman de la chaîne People-live que je connais bien maintenant pour l'avoir croisé à de nombreuses reprises sur le terrain. Je lui adresse un signe discret de la main.

Un signe discret, mais désespéré.

Il me retourne un large sourire joyeux et se précipite vers moi, caméra toujours vissée à l'épaule au cas où l'occasion de réaliser l'interview d'une personnalité se présentait. Lui m'aidera sans aucun doute à savoir comment me comporter ici. Et surtout à deviner qui est qui !

Chaque fois que je crois reconnaître une tête, j'ai un trou. Je me vois mal commencer une interview avec pour première question : « Au fait, qui êtes-vous déjà ? J'ai votre nom sur le bout de la langue. »

Je ne peux m'empêcher de pouffer de rire en voyant Éric s'approcher de moi. Quelle dégaine quand même ! On n'a pas idée ! Grand, rond, plus un poil sur le caillou et les manches de chemise retroussées ! D'habitude, sa tenue de combat, c'est plutôt jean, tee-shirt, mais, pour l'occasion, il a enfilé un costume dans lequel il a l'air d'être au supplice. Le portrait craché de Gru dans le dessin animé *Moi, moche et méchant.* Aucun doute, ses deux enfants doivent l'adorer. Toujours prêt à rendre service. Le type le plus adorable qu'il m'ait été donné de croiser depuis que je suis entrée dans la vie active.

– Alors ? On sèche sur l'identité des stars ?
– Tu as tout compris, Éric ! Je suis perdue !

Il me tape affectueusement dans le dos.

– T'inquiète pas. Moi aussi au début je me mélangeais les pinceaux, répond-il en m'attirant à l'écart afin que nous ayons une meilleure vue d'ensemble.

Je parcours la foule du regard pendant qu'il me fait un topo.

– Tu vois la fille là-bas ? La grande blonde de dos ?
– Celle avec une robe noire fendue sur le côté ?
– Oui. Celle-là. Elle est toujours habillée de manière très classique. C'est Gisele Bündchen !
– Ah oui, la top modèle ! Comment ai-je pu ne pas la reconnaître !
– Détends-toi et tout ira bien ! Fais-toi confiance ! Surtout avec elle : elle est sympa. Mais c'est difficile de l'approcher car la presse people ne la quitte pas d'une semelle. Tu auras du mal à avoir plus d'une phrase, mais elle se laisse prendre en photo ou filmer. Le type derrière, c'est Shemar Moore.
– Mince, son visage me dit vraiment quelque chose !
– Bien sûr, il joue dans *Esprits criminels*. Il est présent à

toutes les soirées qui ont pour but de soutenir une association caritative car il est lui-même très impliqué.

– Mais oui ! Tu as raison ! Il est canon ce mec !

– Eh bien, tu auras l'occasion d'en profiter. Il est mannequin à ses heures perdues et ne rate jamais une fashion week. Comme celle de Paris commence bientôt, tu le verras partout !

– Les interviews sont envisageables ?

– Oui. Il est adorable. Si tu veux entrer dans ses bonnes grâces, glisse un mot sur son implication dans des œuvres de charité.

– Quel domaine ?

– La lutte contre la sclérose en plaques. Sa mère en est atteinte.

Un peu plus loin, Albert de Monaco et sa femme, splendide dans une robe blanche fourreau mettant en valeur sa silhouette athlétique et faisant rayonner ses cheveux blonds.

– Eux, je ne te les présente pas, rassure-moi ! plaisante-t-il.

– Non, ça va quand même ! Est-ce que tu te moquerais de moi par hasard ?

Éric fait une grimace comique. Mais je le ramène sur terre. Un groupe de personnes m'est totalement inconnu, et pourtant tous les invités semblent se presser autour d'eux. Archicélèbres pour tout le monde, on dirait.

Tous, sauf moi !

– Cet homme là-bas, assez âgé.

– Chevelure blanche impeccable ? Allure aristocratique ?

– Oui. Qui est-ce ?

– Ferdinand Longchamps.

– Jamais entendu parler.

– Sérieusement ? s'exclame Éric en roulant des yeux. Avec tes parents qui tiennent une ferme bio ?

Je le regarde, étonnée. Pourquoi est-ce si incroyable ? Et quel est le rapport ?

– Vraiment, je te jure, ça ne me dit rien.

– Et l'empire agroalimentaire *Long Life* ?

– Ah oui ! Mes parents ne sont pas fans des produits qu'ils développent.

– Sans rire !? Mais il est aussi impliqué dans de nombreuses associations.

– Je te crois sur parole. Je n'en ai aucune idée.

– Il est toujours d'une grande générosité. Il se débrouillera probablement pour signer un très gros chèque au profit de l'association mise à l'honneur ce soir dans le champ de plusieurs caméras.

Je l'observe avec attention. Je n'arrive pas à savoir s'il m'inspire de l'empathie ou s'il me glace le sang. Quel homme étrange… Il se tient très droit, une paire de lunettes noires sur le nez. Quand il les ôte en se tournant imperceptiblement, j'aperçois brièvement un regard acéré sous des paupières fatiguées. Éric me glisse qu'il doit avoir dans les 70 ans, mais il dégage une telle énergie qu'il est difficile de croire qu'il en a plus d'une soixantaine. Son visage est dur, presque austère, quand il s'adresse à ceux qui l'entourent et qui semblent être des proches. Mais dès qu'un journaliste s'approche, son visage, sans changer radicalement, devient plus affable. Tout en l'observant, j'interroge Éric.

– Abordable ?

– Tu fais partie de la presse, alors oui. Mais il ne te donnera pour tes papiers que ce qu'il veut que tu écrives. Il est trop rodé pour laisser échapper quoi que ce soit. Et il se méfiera de toi quoi que tu fasses, aussi sympathique que tu puisses être. En fait, que tu écrives pour *Le Monde* ou *Le Journal de Mickey*, c'est pareil, il restera sur ses gardes. Tu as une carte de presse, tu es potentiellement intéressante pour lui, mais dangereuse si tu ne retranscris pas fidèlement son message du jour... Et je ne mentionne même pas la très mauvaise idée qui consisterait à mettre le nez dans ses affaires. Il fonctionne comme ça.

Bon à savoir…

Je questionne alors Éric sur ses interlocuteurs.

– Il est avec deux hommes. L'ambiance n'a pas l'air des plus détendues !

– Celui qui nous fait face, le petit brun barbu avec les cheveux frisés, c'est Arthur Delgado. C'est important que tu retiennes son nom car c'est un agent de stars renommé malgré son jeune âge. Il a un carnet d'adresses inimaginable pour ses 30 ans ! C'est lui que tu devras contacter pour la plupart de tes interviews.

– Il a l'air sympathique…

– Oui, une crème celui-là ! Il est très pro, toujours très droit, donc tu peux travailler sans risque avec lui, contrairement à d'autres.

Enfin, mon attention se porte sur le troisième homme dont je ne vois pas le visage. Il a de larges épaules et doit mesurer dans les 1,90 mètre. Même de dos, sa carrure est impressionnante et sa présence semble un instant remplir toute la pièce. Il dégage une assurance tranquille.

Je me demande bien quelle tête il a.

Il a les cheveux châtain clair et porte un costume impeccablement taillé, signe d'un grand couturier.

Et je m'y connais !

Si je ne suis pas encore très au point au jeu du « Qui suis-je ? » spécial célébrités, il y a deux choses sur lesquelles je suis imbattable : repérer le travail d'un grand nom de la mode au premier coup d'œil et reconnaître les parfums aux premiers effluves. Vu la coupe, très cintrée, le choix du tissu, le pantalon droit suivant au plus près la courbe des cuisses musclées, ce costume est un Arnys, taillé sur mesure ou je ne m'appelle plus Cléo Delille !

Grande classe !

Troublée par le dos immense du mystérieux mâle dont je

ne vois que la nuque à la peau mate, j'aurais bien demandé à mon voisin de me souffler son nom mais, à cet instant, l'inconnu se retourne… Et mon cœur oublie de battre.

Waouh !

Mes yeux s'écarquillent et je me sens devenir couleur pivoine. Pourtant, nos regards se sont croisés à peine un quart de seconde. Mâchoire carrée, rasé de près, des lèvres pleines. Et surtout, des prunelles d'un bleu magnétique à couper le souffle. Un regard direct, franc, qui vous fascine.

Peut-être devrais-je penser à respirer à nouveau, non ?

Magnétique. Je reste figée, littéralement incapable de bouger ou prononcer un mot de plus. Malheureusement, il s'éloigne, entraîne le second homme dans un coin, et serre quelques mains avant de reprendre une conversation avec quelqu'un d'autre.

J'essaye de me concentrer sur autre chose, mais impossible. Aucun homme ne m'a jamais fait cet effet. Mes yeux retournent admirer cet inconnu au charme si déroutant. Mauvaise idée de ma part puisqu'à un moment, je le surprends à me détailler. Je me détourne brusquement, rougissant à nouveau.

Non, j'ai rêvé. Ou pas.

Le bleu fascinant de ses yeux clairs laisse sur ma peau comme une brûlure, et mon cœur manque à nouveau un battement.

Mais qui est-ce, bon sang ?

J'hésite à le demander à Éric. Mes pommettes sont encore empourprées et j'ai trop peur qu'il se rende compte de cette attirance aussi forte que soudaine. Au bout de quelques minutes, je n'y tiens plus. Je fais un effort colossal sur moi-même pour ne pas bafouiller en demandant :

– L'homme qui est avec Arthur Delgado, c'est un mannequin connu ou je vais encore passer pour une idiote ?

Cette fois, Éric en ouvre la bouche tant il est surpris. Il me regarde comme si j'étais une limace tombée de Mars. Effectivement, ne pas connaître cet homme relève visiblement de la déficience mentale, même pour la bienveillance patiente de mon ami.

– Enfin, Cléo ! C'est Chesterfield ! Nathan Chesterfield ! Arthur Delgado est son meilleur ami.

J'en deviens à nouveau rouge. De honte cette fois !

– Nathan Chesterfield… Le producteur ?
– Oui ! Nathan Chesterfield, le producteur ! Évidemment ! Il n'y en a qu'un ! Au grand désespoir de toutes les starlettes de la soirée, d'ailleurs. Je ne peux pas croire que tu n'aies jamais vu sa tête nulle part !

Je ne relève pas et poursuis.

– Il connaît Longchamps ? Ils sont en affaires ?
– Ils ont un lien de parenté.

Nathan Chesterfield. Le nom, oui, je vois parfaitement de qui il s'agit, évidemment ! Tout ce qu'il y a de groupes connus ou de films salués par la critique ces derniers temps a un rapport de près ou de loin avec lui. Je dois avoir dans ma propre vidéothèque un bon nombre d'artistes qu'il a produits.

Il faudra que j'y jette un œil.

Cependant quelque chose m'interpelle.

– Bien sûr son nom est célèbre, mais comment se fait-il que justement je n'ai jamais vu son visage ? Je sais que pour toi qui évolues dans ce milieu depuis des années, mon ignorance est étonnante… Mais je te jure que si j'ai très souvent entendu son nom, je ne savais pas du tout à quoi il ressemblait.

Mais crois-moi, maintenant je ne risque pas de l'oublier !

– Tu n'as pas tort, Cléo ! C'est vrai qu'il ne se montre pas. Ce n'est pas le genre à se mettre en avant. Ce sont ses artistes qu'il pousse sur le devant de la scène. Lui préfère l'anonymat même s'il ne peut échapper complètement à la presse people. Il est assez efficace pour se protéger. Par ailleurs, comme c'est un homme très respectueux et agréable, je pense que les journalistes eux-mêmes se retiennent. Moi, par exemple, je ne me sentirais pas capable de le poursuivre dans la rue pour avoir un scoop.
– Il inspire le respect, c'est ce que tu veux dire ?

– Oui, c'est un peu ça. Et c'est un très mauvais client !

– Comment ça, un mauvais client ? demandé-je, surprise. Tu viens de me dire qu'il était plutôt sympathique !

– Mauvais client dans le sens : jamais aucune info croustillante.

– Pas de scandale ?

– Jamais. Un ennui mortel ! répond Éric en riant.

Pas de scandale ? Pas de petite amie non plus ?

Mais ça, je ne peux pas le demander à Éric. J'imagine tout à fait la question absolument pas innocente : « Et sinon, il est célibataire ? » Grillée à des kilomètres !

– Et puis Nathan Chesterfield n'est pas simplement producteur. C'est aussi un richissime homme d'affaires, à la tête d'une immense fortune. Une carrière impressionnante pour un jeune homme de seulement 31 ans, ajoute Éric, après un instant de silence.

Quand même !

– Impressionnant ! dis-je faiblement.

– Oui. Impressionnant. Il n'y a pas d'autres mots, conclut-il en me lançant un sourire en coin.

Déjà parus aux Éditions Addictives

Eva M. Bennett
Sex Friends, Chloé et Alistair
Sex Friends, Lucy et Arthur

Phoebe P. Campbell
Tes ordres sont mes désirs – volumes 1 à 3
Promets-moi ! Au mariage du milliardaire

Anna Chastel
Toute à toi

Olivia Dean
À lui, corps et âme – volumes 1 et 2

Emma M. Green
Cent facettes de Mr Diamonds – volumes 1 et 2
Toi + Moi – volumes 1 à 3
Coffret *Toi + Moi*

Emma M. Green et Felicity Stuart
Love me if you can
Kiss me if you can

Megan Harold
Tout pour lui – volumes 1 et 2
Juste toi et moi – volumes 1 et 2

Kate B. Jacobson
Aime-moi. Corps et âme
Révèle-moi – volumes 1 et 2

Amber James
Contrôle-moi
Emprise

Lucy K. Jones
Mr Fire et moi – volumes 1 et 2
Envoûte-moi !

Nina Marx
Soumets-moi ! – volumes 1 à 3
Diamonds Private Club

June Moore
Déshabillez-moi ! – volumes 1 et 2
Étreinte – volumes 1 à 3

Heather L. Powell
Je te veux – volumes 1 et 2

Mina Shepard
Mon milliardaire, mon mariage et moi

Lisa Swann
Possédée
Adore-moi ! – volumes 1 et 2

Hannah Taylor
Désire-moi ! – volumes 1 et 2
Je suis à toi

Chloe Wilkox
Ordonne-moi ! – volumes 1 à 3

Déjà parus dans la collection « Comédie »

Rose M. Becker
Le Bébé, mon milliardaire et moi

Emma M. Green
Bliss. Le faux journal d'une vraie romantique – volume 1
Call me Baby – volumes 1 et 2
Call me Bitch

Mina Shepard
Je t'aime... toi non plus

Déjà parus dans la collection « Fantasy »

Sienna Lloyd
Mords-moi !

Alice H. Kinney
Dark Light. Vampire Brothers

Chloe Wilkox
Soul Lights – volumes 1 et 2

À paraître dans la collection « Adult Romance »

Phoebe P. Campbell
Oui, je le veux ! Au mariage du milliardaire (janvier 2016)

Olivia Dean
Tous ses désirs – volume 1 (janvier 2016)

Megan Harold
Sublime-moi ! (janvier 2016)

Nina Marx
Prétentieux, insolent… mais irrésistible ! – volume 1 (février 2016)

Heather L. Powell
Le Jeu du milliardaire (février 2016)

Lisa Swann
Dark Fever. Sublime mais dangereux… (février 2016)

À paraître dans la collection « Comédie »

Emma M. Green
Bliss. Le faux journal d'une vraie romantique – volume 2 (janvier 2016)

Rose M. Becker
Désirs & Désastres (février 2016)

À paraître dans la collection « Fantasy »

Amber James
Moonlight. Bloody Lily – volume 1 (janvier 2016)

Sienna Lloyd
Mords-moi ! – édition augmentée (février 2016)

Auteure : Amber James

Edisource

100, rue Petit, 75019 Paris

Imprimé par FINIDR – Lipova cp. 1965 – 73701 Cesky Tesin,

République tchèque

Dépôt légal : décembre 2015 – Achevé d'imprimer : novembre 2015

ISBN : 978-2-37126-076-4